MIMO

Manual do dândi

A vida com estilo

Outros mimos:

Alfabeto
Paul Valéry
*
Ao Farol
Virginia Woolf
*
Antropologia do ciborgue
Donna Haraway, Hari Kunzru, Tomaz Tadeu (Org.)
*
Meu coração desnudado
Charles Baudelaire
*
Mrs Dalloway
Virginia Woolf
*
O casaco de Marx
Peter Stallybrass
*
O grito da seda
Danielle Arnoux, Gaëtan Gatian de Clérambault, José María Álvarez
*
Os últimos dias de Immanuel Kant
Thomas De Quincey
*
Pintor da Vida moderna
Charles Baudelaire
*
Rabiscado no teatro
Stéphane Mallarmé

Charles Baudelaire
Honoré de Balzac
Barbey d'Aurevilly

Manual do dândi

A vida com estilo

ORGANIZAÇÃO, TRADUÇÃO E NOTAS
Tomaz Tadeu

2ª edição
1ª reimpressão

autêntica

CAPA
Diogo Droschi

DIAGRAMAÇÃO
Luiz Flávio Pedrosa; Waldênia Alvarenga Santos Ataíde

REVISÃO
Ana Carolina de Andrade Aderaldo

EDITORA RESPONSÁVEL
Rejane Dias

TÍTULOS ORIGINAIS
Charles Baudelaire, "Le dandy", seção IX de "Le peintre de la vie moderne".
Honoré de Balzac, "Traité de la vie élégante".
Barbey d'Aurevilly, *Du dandysme et de George Brummell.*

Revisado conforme o Acordo Ortográfico da Língua Portuguesa de 1990, em vigor no Brasil desde janeiro de 2009.

AUTÊNTICA EDITORA LTDA.

Rua Aimorés, 981, 8º andar . Funcionários
30140-071 . Belo Horizonte . MG
Tel.: (55 31) 3214 5700

Av. Paulista, 2073 . Conjunto Nacional
Horsa I . 23º andar . Conj. 2301
Cerqueira César . 01311-940
São Paulo . SP . Tel.: (55 11) 3034 4468

Televendas: 0800 283 1322
www.autenticaeditora.com.br

Dados Internacionais de Catalogação na Publicação (CIP)
(Câmara Brasileira do Livro, SP, Brasil)

Balzac, Honoré de, 1799-1850

Manual do dândi: a vida com estilo / Honoré de Balzac, Charles Baudelaire, Barbey d'Aurevilly; organização tradução e notas Tomaz Tadeu. – 2. ed., 1. reimp. – Belo Horizonte : Autêntica Editora , 2013. – (Coleção Mimo)

ISBN: 978-85-7526-382-2

1. Balzac, Honoré de, 1799-1850 - Crítica e interpretação 2. Baudelaire, Charles, 1821-1867 - Crítica e interpretação 3. Dandismo na literatura 4. D'Aurevilly, Barbey, 1808-1889 - Crítica e interpretação I. Tadeu, Tomaz

09-01269 CDD-1843.09

Índices para catálogo sistemático:
1. Dandismo na literatura 843.09

Sumário

Apresentação

Manual do dândi reúne três textos fundamentais da literatura sobre o dândi e o dandismo: "O dandismo", de Charles Baudelaire; "Tratado da vida elegante", de Honoré de Balzac; e *O dandismo e George Brummell*, de Jules Barbey d'Aurevilly.

"O dandismo" constitui uma das seções do ensaio de Baudelaire "O pintor da vida moderna", que focaliza a obra do pintor francês Constantin Guys. Foi publicado pela primeira vez, em três partes, em novembro-dezembro de 1863, no jornal *Le Figaro*.

O "Tratado da vida elegante" foi publicado, em fragmentos, na revista *La Mode*, entre 2 de outubro e 6 de novembro de 1830. Balzac não cumpriu o plano que tinha em mente para o tratado, deixando-o inconcluso.

O dandismo e George Brummell foi publicado pela primeira vez em 1845, em tiragem reduzida, pelo livreiro Guillaume Trebutien, amigo de d'Aurevilly.

Uma segunda edição, acrescida de um prefácio, foi publicada pelo editor Poulet-Malassis, em 1861. O livro recebeu, em 1879, uma terceira edição, desta vez pelo editor Alphonse Lemerre, acrescida de um ensaio (não reproduzido na presente edição) sobre Antonin Nompar de Caumont, Duque de Lauzun (1632-1723), considerado por d'Aurevilly como um precursor dos dândis (tese anunciada já no título, *Un dandy d'avant les dandys* – "Um dândi antes dos dândis").

Dada a grande quantidade de nomes mencionados nos ensaios de Balzac e de d'Aurevilly, organizei um índice onomástico para cada um desses textos. Como se poderá observar, limitei-me a fornecer os dados básicos (nome completo; datas de nascimento e morte; indicação mínima de ocupação, atividade ou situação) a partir dos quais se poderá, se desejável, levar a pesquisa adiante. A mesma economia orientou a redação das notas.

Para evitar repetição, já que aparece frequentemente nos três textos, faço aqui, antecipadamente, uma observação sobre a tradução da palavra *toilette*, que traduzi, consistentemente, por "toalete". Deve-se ter em mente, entretanto, que, em francês, a palavra tem uma abrangência mais ampla que o seu equivalente português. Aparentemente, no português brasileiro atual, a sua utilização restringe-se a duas das acepções registradas pelo dicionário *Houaiss*: "ato de se lavar, pentear, maquilar, vestir, etc." e "aposento sanitário; banheiro". Em francês, *toilette* refere-se também ao conjunto das peças de vestuário, adereços, enfeites, cosméticos e demais artifícios utilizados no cultivo e manutenção de uma certa aparência. É, em geral, com esse sentido que a palavra aparece nos textos que compõem a presente antologia.

O dândi
Charles Baudelaire

O homem rico, dedicado ao ócio e que, mesmo aparentando indiferença, não tem outra ocupação que a de correr no encalço da felicidade; o homem criado no luxo e acostumado, desde a juventude, a ser obedecido; aquele, enfim, que não tem outra profissão que não a da elegância, gozará sempre, em todas as épocas, de uma fisionomia diferente, inteiramente à parte. O dandismo é uma instituição vaga, tão bizarra quanto o duelo; muito antiga, pois dela César, Catilina, Alcibíades nos dão exemplos impressionantes; muito geral, pois Chateaubriand descobre-a nas florestas e às margens dos lagos do Novo Mundo. O dandismo, uma instituição à margem das leis, tem leis rigorosas a que estão estritamente submetidos todos os seus súditos, quaisquer que sejam, aliás, a impetuosidade e a independência próprias de seu caráter.

Os romancistas ingleses têm, mais do que os outros, cultivado o romance da *high life*, e os franceses que, tal como o Sr. de Custine[1], pretenderam escrever especialmente romances de amor, tiveram, de início e muito judiciosamente, o cuidado de dotar seus personagens de fortunas suficientemente grandes para poderem pagar sem hesitação todas as suas fantasias, dispensando-os, em seguida, de qualquer profissão. Esses seres não têm outra ocupação a não ser a de cultivar a ideia do belo em sua pessoa, de satisfazer as suas paixões, de sentir e de pensar. Dispõem, assim, a seu bel-prazer e em grande quantidade, de tempo e dinheiro, sem os quais a fantasia, reduzida ao estado de devaneio passageiro, dificilmente pode ser traduzida em ação. É bem verdade, infelizmente, que sem tempo livre e sem dinheiro, o amor não passa de uma orgia de plebeu ou do cumprimento de um dever conjugal. Torna-se, em vez da atração ardente ou plena de fantasia, uma repugnante *utilidade*.

Se falo do amor a propósito do dandismo é porque o amor é a ocupação natural dos que se dedicam ao ócio. Mas o dândi não visa o amor como objetivo especial. Se falei de dinheiro é porque o dinheiro é indispensável às pessoas que fazem de suas paixões um culto; mas o dândi não aspira ao dinheiro como a algo essencial; um crédito ilimitado é o bastante; ele deixa essa grosseira paixão aos vulgares mortais. O dandismo não é nem mesmo, como muitas pessoas pouco sensatas parecem acreditar, um gosto imoderado pela toalete e pela elegância material. Essas coisas não são, para o perfeito dândi, senão um símbolo da superioridade aristocrática de seu espírito. Assim, a seus olhos, obcecado, acima de tudo, por *distinção*, a perfeição da toalete está na simplicidade absoluta que é, de fato, a melhor maneira de se distinguir. Que é, pois, essa paixão que, transformada em doutrina, fez adeptos poderosos, essa instituição não escrita que formou uma casta tão altiva? É, antes de tudo, a necessidade ardente de se equipar, dentro dos limites exteriores das conveniências, de uma certa originalidade. É uma espécie de culto de si mesmo, que pode sobreviver à busca da felicidade a ser encontrada em outrem, na mulher, por exemplo; que pode sobreviver até mesmo a tudo aquilo que se chama de ilusão. É o prazer de surpreender e a satisfação orgulhosa de jamais se surpreender. Um dândi pode ser um homem que aparenta indiferença, talvez um homem que sofra; mas, nesse último caso, sorrirá como o lacedemônio enquanto era roído pela raposa[2].

Vê-se que, sob certos aspectos, o dandismo confina com o espiritualismo e com o estoicismo. Mas um dândi não pode nunca ser um homem vulgar. Se cometesse um crime, talvez não se sentisse degradado; mas se esse crime tivesse nascido de uma razão trivial, a desonra seria irreparável. Que o leitor não se escandalize com essa gravidade no frívolo e que se lembre de que existe grandeza em todas as loucuras, uma força em todos os excessos. Estranho espiritualismo! Para aqueles que são, ao mesmo tempo, seus sacerdotes e suas vítimas, todas as condições materiais complicadas às quais se submetem, desde a toalete irretocável, a qualquer hora do dia e da noite, até aos mais arriscados movimentos do esporte, não passam de uma ginástica destinada a fortificar a vontade e a disciplinar a alma. Na verdade, eu não estava inteiramente errado em considerar o dandismo como uma espécie de religião. A mais rigorosa regra monástica, a ordem irresistível do *Velho da Montanha*[3], que determinava que seus discípulos inebriados se suicidassem, não era mais despótica nem mais obedecida do que essa doutrina da elegância e da originalidade que impõe, igualmente, a seus ambiciosos e humildes seguidores, homens muitas vezes cheios de ardor, de paixão, de coragem, de energia contida, a terrível fórmula: *Perinde ac cadaver*[4]!

Denominem-se eles refinados, incríveis, belos, leões[5] ou dândis, não importa: têm todos uma mesma origem; são todos dotados do mesmo caráter de oposição e de revolta; são todos representantes do que há de melhor no orgulho humano, dessa necessidade, bastante rara nos homens de hoje, de combater e de destruir a trivialidade. Vem daí, nos dândis, essa atitude altiva de casta provocadora, até mesmo em sua frieza. O dandismo surge sobretudo nas épocas transitórias em que a democracia não é ainda todo-poderosa, em que a aristocracia está enfraquecida e desvalorizada apenas parcialmente. Na confusão dessas épocas, alguns homens, deslocados de sua classe, descontentes, destituídos de uma ocupação, mas todos ricos de uma força inata, são capazes de conceber o projeto de fundar uma nova espécie de aristocracia, tanto mais difícil de abater quanto estará baseada nas mais preciosas, nas mais indestrutíveis faculdades, e nos dons celestes que nem o trabalho nem o dinheiro podem conferir. O dandismo é o último rasgo de heroísmo nas decadências; e o tipo do dândi encontrado pelo viajante na América do Norte não invalida, de maneira alguma, essa ideia: pois nada impede que se pense que as tribos que denominamos *selvagens* sejam os resquícios de grandes civilizações desaparecidas. O dandismo é um sol poente; como o astro que declina, é soberbo, sem calor e pleno de melancolia. Mas, desgraçadamente, a maré montante da democracia – que invade tudo e tudo nivela – afunda diariamente esses últimos representantes do orgulho humano e lança vagas de olvido sobre os traços desses prodigiosos mirmidões. Os dândis tornam-se, entre nós, cada vez mais raros, enquanto entre nossos vizinhos, na Inglaterra, o estado social e a constituição (a verdadeira, a que se exprime pelos costumes) deixarão por muito tempo ainda um lugar aos herdeiros de Sheridan[6], de Brummell[7] e de Byron[8], desde que, no entanto, apresente-se quem deles seja digno.

O que pode ter parecido ao leitor uma digressão[9] não o é, na verdade. As considerações e os devaneios morais que surgem dos desenhos de um artista são, em muitos casos, a melhor tradução que o crítico pode fazer deles; as sugestões fazem parte de uma ideia-matriz e, ao mostrá-las em sucessão, é possível fazer com que ela se deixe adivinhar. Preciso dizer que o Sr. G., quando esboça no papel um de seus dândis, confere-lhe sempre um caráter histórico ou, ousaria dizer, se não se tratasse do tempo presente e de coisas geralmente consideradas como divertidas, até mesmo lendário? E é precisamente essa suavidade nos gestos, essa segurança nas maneiras, essa simplicidade no ar de dominação, esse modo de vestir uma casaca e de conduzir um cavalo, essas atitudes sempre tranquilas mas reveladoras de uma certa força, que, quando nosso olhar descobre um desses seres privilegiados nos quais o belo e o temível se confundem tão misteriosamente, nos fazem pensar: "Eis aqui, talvez, um homem rico; mais provavelmente, porém, um Hércules sem emprego".

O caráter de beleza do dândi consiste sobretudo no ar frio que provém da inabalável resolução de não se deixar emocionar; dir-se-ia que se trata de um fogo latente que se deixa adivinhar – que poderia vir a brilhar, mas não quer. É o que se expressa com perfeição nessas imagens[10].

Notas do tradutor

1 Custine – Astholphe-Louis-Léonor, Marquês de Custine (1790-1857), escritor francês.

2 O episódio do garoto lacedemônio é assim narrado por Montaigne: "Um simples menino de Lacedemônia, tendo furtado uma raposa e tendo-a escondido sob o casaco, preferiu suportar que ela lhe roesse o ventre a se deixar denunciar" (*Ensaios*, I, 14).

3 "Velho da Montanha" era o nome pelo qual era designado Ala Ed Din (ou Assan Ibn Saba), chefe dos Haschischins, seita que se estabeleceu, em 1090, nas montanhas da Pérsia setentrional.

4 Máxima de obediência passiva e absoluta ("Como um cadáver") ao Papa e às autoridades religiosas, prescrita por Inácio de Loyola aos jesuítas.

5 Como está implícito nesta passagem, "leão", tal como os outros termos listados, é sinônimo de "dândi". Segundo o dicionário Littré (1860-1876), *lion* é um "termo vindo da Inglaterra e que, por alusão aos leões da torre de Londres, visitados por todos os turistas, foi aplicado, inicialmente, a personagens célebres por uma razão qualquer e que a alta sociedade convidava para se vangloriar com sua presença. [...] Diz-se, por extensão, com referência a jovens ricos, elegantes, livres nos seus costumes, que afetam uma certa originalidade e, em particular, fazem grandes despesas". No mesmo verbete, o Littré cita esta passagem do livro *Le lion amoureux* (1841), de Frédéric Soulié (1800-1847): "Sabe-se que a raça à qual o *leão* pertence sempre existiu, na França, sob nomes variados: assim, o *leão* chamou-se outrora refinado, *muguet*, homem de grande fortuna, *roué*; mais tarde,

muscadin, incrível, maravilhoso; recentemente, enfim, dândi e *fashionable*; hoje, *leão* é como é nomeado".

[6] Richard Brinsley Butler Sheridan (1751-1816), dramaturgo e político inglês.

[7] George Bryan Brummell (1778-1840), conhecido como *Beau Brummell*. "Beau", além do sentido literal ("belo"), tomado de empréstimo ao francês, era sinônimo de "dândi", do qual Brummell foi considerado um perfeito exemplar. Ver, nesta antologia, *O dandismo*, um longo ensaio de Barbey d'Aurevilly sobre o dândi supremo, George Brummell.

[8] George Gordon Noel Byron, Lorde Byron (1788-1824), poeta romântico inglês.

[9] Isto é, digressão relativamente ao tema tratado (a obra do pintor Constantin Guys, referido pelas iniciais G. ou C. G.) no ensaio "O pintor da vida moderna", do qual o presente texto é uma das seções (IX).

[10] Baudelaire refere-se às imagens contidas nos desenhos, aquarelas e esboços do pintor francês Constantin Guys (1802-1892), objeto do ensaio "O pintor da vida moderna", do qual foi extraído o presente texto.

Tratado da vida elegante

Honoré de Balzac

Primeira parte

Generalidades

Mens agitat molem[1].

Virgílio

Adivinha-se o espírito de um homem
pela maneira como porta a sua bengala.

Tradução *fashionable*

Capítulo I

Prolegômenos

A civilização distribuiu os homens em três segmentos... Teria sido fácil, para nós, colorir nossas categorias à maneira do Sr. Charles Dupin; mas, como o charlatanismo seria um contra-senso numa obra de filosofia cristã, evitaremos misturar a pintura aos *x* da álgebra e nos esforçaremos, ao dissertar sobre as doutrinas mais secretas da vida elegante, por nos fazermos compreendidos até mesmo por nossos antagonistas – as pessoas que calçam botas reversas[2].

Ora, as três classes de seres criadas pelos costumes modernos são:

o homem que trabalha;
o homem que pensa;
o homem que não faz nada.

Resultam daí três fórmulas de existência bastante completas para exprimir todos os gêneros de vida, desde o romance poético e vagabundo do *boêmio* até a história monótona e sonífera dos reis constitucionais.

A vida ocupada;
a vida de artista;
a vida elegante.

Da vida ocupada

O tema da vida ocupada não tem variantes. Ao ocupar as mãos, o homem abdica de todo um destino; ele se torna um meio e, apesar de toda a nossa filantropia, apenas os produtos de seu trabalho se tornam merecedores de nossa admiração. Por toda parte, o homem se posta maravilhado diante de alguns montes de pedra e, caso se lembre dos que as empilharam, é para ter pena deles; se ele ainda vê o arquiteto como uma grande mente, seus operários não passam de espécies de correias de transmissão e confundem-se com os carrinhos de mão, as pás e as picaretas.

Trata-se de uma injustiça? Não. Semelhantes às máquinas a vapor, os homens arregimentados para o trabalho são todos produzidos da mesma forma e não tem nada de individual. O homem-instrumento é uma espécie de zero social: ainda que os zeros sejam muitos, nunca chegarão a formar um número inteiro se não forem precedidos de um algarismo significativo.

Um diarista, um pedreiro, um soldado são os fragmentos uniformes de uma mesma massa, os segmentos de um mesmo círculo, o mesmo instrumento com um tipo diferente de cabo. Deitam-se e levantam-se com o sol: uns com o canto do galo, outros com o clarim. Estes com uma calça de pele, duas varas de lã azul e botas; aqueles, com os primeiros farrapos encontrados. Todos, com as comidas mais primitivas. Golpear o gesso ou golpear homens, recolher vagens ou golpes de sabre, este é, a cada estação, o texto de seus esforços. O trabalho parece ser, para eles, um enigma do qual buscam a resposta até o fim de seus dias. Muito frequentemente o triste castigo de sua existência é recompensado pela aquisição de um pequeno banco de madeira em que se senta à porta de uma choupana, sob um sabugueiro empoeirado, sem receio de ouvir um lacaio dizer-lhe:

"Vamos, homem! não damos aos pobres mais do que a segunda-feira."

Para todos esses infelizes, a vida é determinada pelo *pão no armário*, e a elegância, por um baú de roupa velha.

O pequeno varejista, o subtenente, o escriturário são tipos menos degradados da vida ocupada; mas a sua existência está ainda marcada pelo cunho da vulgaridade. É sempre o trabalho e sempre a correia de transmissão: só que, no seu caso, o mecanismo é um pouco mais complicado. E a inteligência movimenta-se modestamente.

Longe de ser um artista, o alfaiate apresenta-se sempre, no pensamento dessas pessoas, sob a forma de uma implacável fatura: eles abusam da instituição dos colarinhos falsos, martirizam-se por algum luxo ocasional como se fora um furto feito aos seus credores e, para eles, uma carruagem significa um veículo de aluguel – pequeno, nas circunstâncias ordinárias; um pouco maior, nos dias de entêrro ou casamento.

Se não entesouram como os trabalhadores braçais, a fim de garantir, na velhice, o sustento e o agasalho, a esperança de sua vida de abelha não vai muito além: a posse de um quarto bastante frio, no quinto andar, na rua Boucherat; depois, um capote e luvas de percal cru para a mulher; um chapéu cinza e uma meia-taça de café para o marido; a educação de Saint-Denis[3] ou uma meia-bolsa para os filhos, o *cozido* com ervas, duas vezes por semana, para todos. Sem serem totalmente zeros nem totalmente números inteiros, essas criaturas são, talvez, decimais.

Nessa cidade *dolente*[4], a vida é determinada por uma pensão ou alguns títulos da dívida nacional, e a elegância, por lençóis franjados, uma cama de cabeceira abaulada e candelabros com redoma de vidro.

Se avançamos mais alguns degraus na escala social, na qual as pessoas ocupadas sobem e se equilibram como musgo nos cordames de um grande edifício, encontraremos o médico, o padre, o advogado, o notário, o pequeno magistrado, o grande negociante, o fidalgote de província, o oficial superior, etc.

Esses personagens são aparelhos maravilhosamente aperfeiçoados, cujas bombas, correias, balancins, cujas engrenagens, enfim, cuidadosamente polidas, ajustadas, azeitadas, cumprem suas rotações sob seus enfeitados envoltórios. Mas é sempre uma vida de movimento em que os pensamentos não são ainda nem livres nem muito fecundos. Esses senhores são obrigados a cumprir diariamente um certo número de percursos, inscritos em *agendas*. Esses pequenos livros substituem os bedéis que os atormentavam outrora no colégio e fazem com que lembrem a toda hora que são os escravos de um ser de razão mil vezes mais caprichoso e mais ingrato que um soberano.

Quando chegam à idade do repouso, o sentimento da *fashion* obliterou-se, o tempo da elegância se foi para sempre. Assim, a carruagem que os conduz é feita de estribos prolongados, destinados aos mais diversos fins[5], ou decrépita, como a do célebre Portal. Entre eles, o preconceito da caxemira[6] ainda está vivo; suas mulheres carregam vistosos colares e pesados brincos; seu luxo é sempre uma poupança; em sua casa, tudo é *cosido*, e pode-se ler em cima da porta: "Fale com o suíço"[7]. Se na soma social contam como números, eles são as unidades.

Para os novos-ricos dessa classe, a vida é determinada pelo título de barão, e a elegância por um emplumado criado em libré de caça ou por um camarote no Teatro Feydeau.

Aí termina a vida ocupada. O alto funcionário, o prelado, o general, o grande proprietário, o ministro, o valete[8], os príncipes estão na categoria dos ociosos e pertencem à vida elegante.

Após ter concluído essa triste autópsia do corpo social, um filósofo sente tanta repulsa pelos preconceitos que levam os homens a passar uns pelos outros evitando-se como cobras que ele tem necessidade de dizer: "Não construo uma nação como quero, aceito-a já feita".

Este resumo da sociedade, considerado globalmente, deve ajudar a conceber os nossos primeiros aforismos, que formulamos assim:

I. *O objetivo da vida civilizada ou selvagem é o repouso.*

II. *O repouso absoluto produz o tédio.*

III. *A vida elegante é, numa acepção ampla do termo, a arte de animar o repouso.*

IV. *O homem habituado ao trabalho não pode compreender a vida elegante.*

V. Corolário. *Para ser* fashionable, *é preciso desfrutar do repouso sem ter passado pelo trabalho, ou seja, acertar uma quadra na loto, ser filho de milionário, príncipe, ter uma sinecura ou acumular vantagens.*

Da vida de artista

O artista é uma exceção: sua ociosidade é um trabalho e seu trabalho, um repouso; ele é, alternadamente, elegante e desleixado; veste, a seu bel-prazer, a camisa do operário, e decide-se pelo fraque trajado pelo homem da moda; não está sujeito a leis: ele as impõe.

Quer se ocupe em fazer nada ou planeje uma obra-prima, sem parecer ocupado; quer controle um cavalo com um bocal de madeira ou conduza a rédeas soltas os quatro cavalos de uma caleche; quer mal tenha vinte e cinco centavos no bolso ou espalhe ouro às mãos cheias: ele é sempre a expressão de um grande pensamento e domina a sociedade.

Quando o Senhor Peel entrou na casa do Visconde de Chateaubriand, encontrou-se num gabinete em que todos os móveis eram de carvalho: o ministro trinta vezes milionário compreendeu imediatamente o quanto essa simplicidade era humilhante para as mobílias de prata ou de ouro maciço que atravancam a Inglaterra.

O artista é sempre grande. Ele tem uma elegância e uma vida próprias, porque nele tudo reflete a sua inteligência e a sua glória. Tantos quantos forem os artistas, tantas serão as vidas caracterizadas por ideias novas. Neles, a *fashion* não deve ser imposta: esses seres indomáveis moldam tudo a seu gosto. Se tomam posse de um símio é para transfigurá-lo.

Dessa doutrina deduz-se um aforismo europeu:

VI. *Um artista vive como quer, ou… Como pode.*

Da vida elegante

Se deixasse de definir a vida elegante, este tratado seria falho. Um tratado sem definição é como um coronel amputado das duas pernas: não consegue andar. Definir é abreviar: abreviemos, pois.

Definições

A vida elegante é a perfeição da vida exterior e material.

Ou então: a arte de despender as suas rendas como homem de espírito.

Ou ainda: a ciência que nos ensina a não fazer nada como os outros, mas aparentando fazer tudo como eles.

Mas talvez melhor ainda: o desenvolvimento da graça e do gosto em tudo aquilo que nos é próprio e nos rodeia.

Ou mais logicamente: saber orgulhar-se de sua fortuna.

Segundo nosso honrado amigo, E. de G., isso significaria: a nobreza transportada para as coisas.

De acordo com T.-P. Smith: a vida elegante é o princípio fecundante da indústria.

Segundo o Sr. Jacotot, um tratado sobre a vida elegante é inútil, considerando-se que ele se encontra todo em *Telêmaco*. (Ver a *Constituição de Salente*.)

A se dar crédito ao Senhor Cousin, isso significaria, numa ordem de pensamento mais elevada: "O exercício da razão, necessariamente acompanhado do exercício dos sentidos, da imaginação e do coração, que, misturando-se às instituições primitivas, às iluminações imediatas do animalismo, vai tingindo a vida com suas cores". (Vejam a página 44 do *Curso da história da filosofia*, se é que a expressão *vida elegante* não constitui, na verdade, um enigma.)

Na doutrina de Saint-Simon:

A vida elegante seria a maior doença de que uma sociedade poderia sofrer, partindo deste princípio: "Uma grande fortuna é um roubo".

Segundo Chodruc: ela é um tecido de frivolidades e palavras ocas.

A vida elegante comporta certamente todas essas definições subalternas, perífrases de nosso aforismo III; mas ela encerra, na nossa opinião, questões ainda mais importantes e, para permanecer fiel a nosso sistema de abreviação, vamos tentar desenvolvê-las.

Um povo constituído apenas de ricos é um sonho político impossível de ser realizado. Uma nação compõe-se necessariamente de pessoas que produzem e de pessoas que consomem. Como se explica que aquele que semeia, planta, rega e colhe é precisamente aquele que menos come? Esse resultado é um mistério muito fácil de ser decifrado, mas que muitas pessoas se comprazem em considerar como um grande pensamento providencial. Daremos, talvez, a sua explicação mais tarde, ao chegarmos ao termo do caminho seguido pela humanidade. Por enquanto, sob o risco de sermos acusado de aristocratismo, diremos francamente que um homem colocado no último degrau da sociedade não deve pedir mais conta a Deus de seu destino do que uma ostra do seu.

Esta observação, ao mesmo tempo filosófica e cristã, resolverá, sem dúvida, a questão aos olhos das pessoas que concebem, em algum grau, as cartas constitucionais e, como não nos dirigimos a quaisquer outras, prosseguiremos.

Desde que as sociedades existem, um governo tem necessariamente sido, sempre, um contrato de segurança concluído entre os ricos contra os pobres. A luta intestina produzida por essa suposta partilha *à maneira de Montgomery* acende nesses homens civilizados uma paixão geral pela *fortuna*, expressão que tipifica todas as ambições particulares; pois do desejo de não pertencer à classe sofrida e humilhada derivam a nobreza, a aristocracia, as distinções, os cortesões, as cortesãs, etc.

Mas essa espécie de febre que leva o homem a ver em toda a parte paus-de-sebo e a se torturar por não conseguir chegar até a um quarto da escalada, ou a um terço ou à metade, forçosamente desenvolveu o amor-próprio além da medida e produziu a vaidade. Ora, como a vaidade não é senão a arte de se endomingar todos os dias, cada homem sentiu a necessidade de ter, como uma demonstração de seu poder, um sinal que informasse aos passantes qual lugar ele ocupava no grande pau-de-sebo no cimo do qual os reis fazem seus exercícios. E é assim que os brasões, as librés, os capelos, as longas melenas, as bandeirolas volantes sobre os tetos, os saltos vermelhos[9], as mitras, os columbários, as almofadas para se ajoelhar na igreja e o incenso para o nariz, as partículas[10], os galões, os diademas, as pintas postiças, o ruge, as coroas, os sapatos de bico revirado, os barretes, as samarras, o pequeno veiro, o escarlate, as esporas, etc., etc., tornaram-se, sucessivamente, os signos materiais do maior ou menor repouso que um homem poderia assumir, do maior ou menor número de fantasias que tinha o direito de satisfazer, da maior ou menor quantidade de homens, de dinheiro, de pensamentos, de lavradores que podia dissipar. Assim, um passante distinguia, só de olhar, um ocioso de um trabalhador, uma cifra significativa de um zero.

Subitamente, a Revolução, tendo tomado com mão forte todo esse guarda-roupa inventado por catorze séculos, e tendo-o reduzido a papel-moeda, trouxe desvairadamente uma das maiores desgraças que podem afligir uma nação. As pessoas ocupadas cansaram-se de trabalhar sozinhas; meteram na cabeça a ideia de dividir a pena e o proveito, em porções iguais, com infelizes ricos que não sabiam fazer outra coisa senão regozijar-se com a sua ociosidade!...

O mundo inteiro, espectador dessa luta, viu aqueles que mais se assustavam com esse sistema proscrevê-lo, declará-lo subversivo, perigoso, incômodo e absurdo, assim que, de trabalhadores, transformaram-se em ociosos.

Assim, nesse momento, a sociedade se reconstituiu, rebaronizou-se, recondificou-se, reengalonou-se[11], e os emplumados[12] foram encarregados de ensinar ao povo pobre o que as pérolas heráldicas lhe diziam outrora: *Vade retro, Satanas!...* Atrás de nós, *gentalha*[13]!... A França, país eminentemente filosófico, tendo experimentado, por essa última tentativa, a utilidade, a segurança do velho sistema segundo o qual se construíam as nações, voltou por si mesma, graças a alguns soldados, ao princípio em virtude do qual a Trindade pôs, neste mundo vil, montanhas, carvalhos e gramíneas.

E no ano da graça de 1804, como no ano MCXX, reconheceu-se que é infinitamente agradável, para um homem ou uma mulher, pensar, olhando seus concidadãos: "Estou acima deles; deslumbro-os, protejo-os, governo-os, e cada um vê claramente que eu os deslumbro, os protejo e os submeto; pois um homem que deslumbra, protege ou governa os outros, fala, come, anda, bebe, dorme, tosse, se veste, se diverte diferentemente das pessoas deslumbradas, protegidas e governadas".

E a *vida elegante* surgiu!...

E ergueu-se toda brilhante, toda nova, toda velha, toda jovem, toda orgulhosa, toda graciosa, toda aprovada, corrigida, aumentada e ressuscitada por este monólogo maravilhosamente moral, religioso, monárquico, literário, constitucional, egoísta: "Eu deslumbro, eu protejo, eu...", etc.

Pois os princípios segundo os quais se conduzem e vivem as pessoas que têm talento, poder e dinheiro não se assemelharão jamais aos da vida vulgar.

E ninguém quer ser vulgar!...

A vida elegante é, pois, essencialmente a ciência das maneiras.

Agora, a questão nos parece suficientemente abreviada e tão sutilmente posta quanto se o Subsecretário de Estado, o Conde Ravez, se tivesse encarregado de propô-la à primeira Câmera Septenal[14].

Mas em que nação começa a vida elegante? E: são todos os ociosos capazes de seguir os seus princípios?

Eis aqui dois aforismos que devem resolver todas as dúvidas e servir de ponto de partida para nossas observações *fashionables*:

VII. *Para a vida elegante, o único ser completo é o* centauro, *o homem no comando de um tílburi.*

VIII. *Não basta ter se tornado ou nascido rico para levar uma vida elegante: é preciso ter o* sentimento *disso.*

"Não pose de príncipe", disse, antes, Sólon, "se você não aprendeu a sê-lo".

Capítulo II

Do sentimento da vida elegante

Só a completa compreensão do progresso social pode produzir o sentimento da *vida elegante*.

Não é essa maneira de viver a expressão das relações e das novas necessidades criadas por uma jovem organização já viril? Para explicar esse sentimento e vê-lo adotado por todo mundo é necessário, pois, examinar aqui o encadeamento das causas que fizeram surgir a vida elegante do próprio movimento de nossa revolução; pois antigamente ela não existia.

Com efeito, o nobre vivia, outrora, à sua maneira e continuava sempre um ser à parte. Só que as maneiras do cortesão substituíam, no interior desse povo de saltos vermelhos, o apuro de nossa vida *fashionable*. Além disso, o tom da corte só começou com Catarina de Médici. Foram nossas duas rainhas italianas[15] que importaram para a França os refinamentos do luxo, a graça das maneiras e os encantos do adorno pessoal. A obra começada por Catarina, ao introduzir a etiqueta (ver suas cartas a Charles IX), ao cercar o trono de superioridades intelectuais, foi continuada pelas rainhas espanholas[16], influência potente que fez da corte francesa árbitro e depositário das delicadezas inventadas, alternadamente, pelos mouros e pela Itália.

Mas, até o reinado de Luís XV, a diferença que distinguia o cortesão do nobre quase não se traía senão pelos gibões mais ou menos caros, pelas botas mais ou menos alargadas na extremidade superior do cano, pelo colarinho pregueado, por uma cabeleira mais ou menos almiscarada, e por expressões mais ou menos novas. Esse luxo, todo pessoal, jamais se completava, como um todo, durante uma vida. Cem mil escudos, profusamente desembolsados numa vestimenta, numa carruagem, seriam suficientes para toda uma vida. Ademais, um nobre de província podia vestir-se mal, mas ser capaz de erguer um desses edifícios maravilhosos, que causam, hoje, a nossa admiração e o desespero de nossas fortunas modernas, enquanto um cortesão ricamente vestido teria ficado bastante constrangido em receber duas mulheres em sua casa. Um saleiro de Benvenuto Cellini, comprado ao preço do resgate de um rei, erguia-se, frequentemente, sobre uma mesa cercada de simples bancos.

Enfim, se passamos da vida material à vida moral, um nobre podia fazer dívidas, viver nos cabarés, não saber escrever ou falar, ser ignorante, estúpido, prostituir seu caráter, dizer besteiras, e continuar nobre. O carrasco e a lei distinguiam-no de todos os exemplares de Jacques Bonhomme (o admirável modelo das pessoas ocupadas), cortando-lhe a cabeça, em vez de enforcá-lo. Chamaram-no *civis romanus*[17] da França: pois, verdadeiros escravos, os gauleses[18] ficavam defronte dele como se não existissem.

Essa doutrina foi tão bem compreendida que uma mulher de qualidade se vestia diante dos criados como se fossem bois e não se desonrava por *surrupiar* o dinheiro de burgueses (ver o relato da Duquesa de Tallard, na última obra do Sr. Barrière); que a Condessa de Egmont não acreditava cometer infidelidade ao amar um vilão; que a Senhora de Chaulnes afirmava que uma duquesa não tinha idade para um plebeu, e que o Sr. Joly de Fleury considerava logicamente os vinte milhões de pessoas sujeitas à corveia como um acidente de Estado.

Hoje, os nobres de 1804 ou do ano 1520 não representam mais nada. A Revolução não era senão uma cruzada contra os privilégios, e sua missão não foi inteiramente vã. Mas, apesar do progresso evidente dado à ordem social pelo movimento de 1789, o abuso necessário que constitui a desigualdade das fortunas recriou-se sob novas formas. Não temos nós, em troca de um feudalismo ridículo e decaído, a tripla aristocracia do dinheiro, do poder e do talento que, com toda a legitimidade que tem, não joga menos sobre a massa um peso enorme, impondo-lhe o patriciado do banco, do ministerialismo e da balística dos jornais e da tribuna, que funcionam como trampolins para as pessoas de talento? Assim, ainda que consagre, por seu retorno à monarquia constitucional, uma enganosa igualdade política, a França jamais generalizou o mal: pois somos uma democracia de ricos. Admitamo-lo, a grande luta do século XVIII era um combate singular entre o terceiro Estado e as ordens. O povo não foi, nesse caso, mais do que um auxiliar das pessoas mais capazes. Assim, em outubro de 1830, existem ainda duas espécies de homens: os ricos e os pobres, as pessoas que vão de carro e as pessoas que andam a pé, os que pagaram o direito de serem ociosos e os que tentam adquiri-lo. A sociedade exprime-se por dois termos, mas a proposição continua a mesma. Os homens continuam devendo as delícias da vida e do poder ao acaso que, outrora, criava os nobres; pois o talento é uma ventura devida à organização social, tal como a fortuna patrimonial é uma vantagem devida à nascença.

O ocioso sempre governará, portanto, os seus semelhantes: após ter interrogado, extenuado as coisas, ele sente vontade de *jogar com os homens*. Ademais, como só aquele cuja existência está assegurada pode estudar, observar, comparar, o rico mostra o espírito de invasão inerente à alma humana em proveito de sua inteligência: e então o triplo poder do tempo, do dinheiro e do talento garante-lhe o monopólio do império; pois o homem armado do pensamento substituiu o cavaleiro coberto de ferro da Idade Média... O mal, ao se estender, perdeu a sua força; a inteligência tornou-se o eixo de nossa civilização: é esse todo o progresso adquirido com o sangue de nossos pais.

A aristocracia vai tornar comum as suas tradições de elegância, de bom gosto e de alta política; a burguesia, as suas conquistas prodigiosas nas artes e nas ciências; depois, ambas, à frente do povo, irão conduzi-lo por uma via de civilização e de luz. Mas os príncipes do pensamento, do poder e da indústria, que formam essa casta ampliada, não sentirão menos um irresistível desejo de proclamar, como os nobres de outrora, seu grau de poder e, hoje ainda, o homem social despenderá seu gênio em busca de distinções. Esse sentimento é, sem dúvida, uma necessidade da alma, uma espécie de sede; pois até o selvagem tem suas plumas, suas tatuagens, seus arcos trabalhados, seus cauris e briga por miçangas. Então, como o século XIX avança sob a condução de um pensamento cujo objetivo é o de substituir a exploração do homem pelo homem pela exploração do homem pela inteligência[19], a promulgação constante de nossa superioridade deverá sofrer a influência dessa elevada filosofia e participará muito menos da matéria do que da alma.

Ontem ainda, os francos sem armaduras, povo débil e degenerado, continuavam os ritos de uma religião morta e levantavam os estandartes de uma potência desaparecida. Agora, todo homem que desejar se erguer deverá se apoiar em sua própria força. Os ociosos não serão mais fetiches, mas verdadeiros deuses. Então a expressão de nossa fortuna resultará de seu emprego, e a prova de nossa elevação individual se encontrará no conjunto de nossa vida; pois príncipes e povo compreendem que o signo mais enérgico não substituirá mais o poder. Assim, para tentar traduzir um sistema por uma imagem, não restam nem três figuras de Napoleão em trajes imperiais, e nós o vemos em toda parte vestido com seu pequeno uniforme verde, com seu chapéu de três bicos verdes e os braços cruzados. Ele só é poético e verdadeiro sem o charlatanismo imperial. Ao fazê-lo descer do alto de sua coluna, seus inimigos engrandeceram-no. Despojado dos ouropéis da realeza, Napoleão torna-se imenso; ele é o símbolo de seu século, um pensamento do futuro. O homem poderoso é sempre simples e calmo.

No momento em que duas libras de pergaminho não servem mais para nada, em que o filho natural do milionário dono de uma casa de banhos[20] tem os mesmos direitos que o filho de um conde, não podemos mais nos distinguir a não ser por nosso valor intrínseco. Então, em nossa sociedade, as diferenças desapareceram; não há mais senão tonalidades. Também o saber viver, a elegância de maneiras, o *não sei o quê*, fruto de uma educação completa, forma a única barreira que separa o ocioso do homem ocupado. Se existe um privilégio, ele provém da superioridade moral.

Daí o elevado valor atribuído, pela maioria, à instrução, à pureza da linguagem, à graça do porte, à maneira mais ou menos natural com que uma vestimenta é trajada, ao esmero com os aposentos, enfim, à perfeição de tudo o que procede da pessoa. Não imprimimos nosso pensamento sobre tudo o que nos rodeia e nos pertence? "Fala, anda, come ou te veste e te direi quem tu és" substituiu o antigo provérbio, expressão de corte, adágio de privilégio. Hoje, um marechal de Richelieu seria impossível. Se um par de França, ou até mesmo um príncipe, se desrespeita, arrisca-se a cair abaixo de um eleitor de cem escudos[21]: pois não é permitido a ninguém ser impertinente ou devasso. Quanto mais as coisas sofreram a influência do pensamento, tanto mais os detalhes da vida enobreceram-se, aperfeiçoaram-se, engrandeceram-se.

Essa é a ladeira imperceptível pela qual o cristianismo de nossa revolução lançou o politeísmo do feudalismo, por cuja filiação um sentimento verdadeiro respirou até nos signos materiais e cambiantes de nossa potência. E eis como voltamos ao ponto de onde partimos: à adoração do bezerro de ouro. Só que o ídolo fala, anda, pensa; em uma palavra, é um gigante. Assim o pobre Jacques Bonhomme foi construído durante muito tempo. Uma revolução popular é hoje impossível. Se alguns reis ainda caem será, como na França, pelo frio desprezo da classe inteligente.

Para distinguir nossa vida pela elegância, não basta mais hoje, pois, ser nobre ou acertar uma quadra numa das loterias humanas, é preciso também ter sido dotado dessa indefinível faculdade (o espírito de nossos sentidos, talvez!) que nos leva sempre a escolher coisas verdadeiramente belas ou boas, coisas cujo conjunto combina com a nossa fisionomia, com o nosso destino. Trata-se de um tato refinado, cujo exercício constante é a única coisa que pode fazer com que se descubram subitamente as relações, se prevejam as consequências, se adivinhe o lugar ou o alcance dos objetos, das palavras, das ideias e das pessoas; pois, para resumir, o princípio da vida elegante é um elevado pensamento de ordem e de harmonia, destinado a dar poesia às coisas. Daí este aforismo:

IX. *Um homem torna-se rico, mas nasce elegante.*

Apoiado nesses fundamentos, visto desta altura, este sistema de existência não é, pois, mais uma diversão efêmera, uma palavra vazia, desdenhada pelos pensadores como um jornal lido. A *vida elegante* repousa, ao contrário, nas deduções mais severas da constituição social. Não é ela constituída pelos hábitos e pelos costumes das pessoas superiores que sabem desfrutar da fortuna e obter do povo o perdão por sua elevação, em favor dos benefícios difundidos por suas luzes? Não é ela constituída pela expressão dos progressos feitos por um país, uma vez que representa todos os seus tipos de luxo? Enfim, se ela é o índice de uma natureza aperfeiçoada, cada homem não deve desejar estudar, surpreender os seus segredos?

Assim, não é, pois, mais indiferente desprezar ou adotar as fugidias prescrições da *moda*, pois *mens agitat molem*: o espírito de um homem adivinha-se pela maneira como porta sua bengala. As distinções corrompem-se ou morrem ao se tornarem comuns; mas existe uma potência encarregada de estipular novas: é a opinião; ora, a moda nunca foi senão a opinião em matéria de roupa. Como a roupa é o mais enérgico de todos os símbolos, a Revolução foi também uma questão de moda, um debate entre a seda e a lã. Mas, hoje, a *moda* não está mais restrita ao luxo da pessoa. O material da vida, tendo sido o objeto do progresso geral, passou por grandes desenvolvimentos. Não há uma única de nossas necessidades que não tenha produzido uma enciclopédia, e a nossa vida animal prende-se à universalidade dos conhecimentos humanos. Além disso, ao ditar as leis da elegância, a moda abarca todas as artes. Ao acolher, ao assinalar o progresso, ela se coloca à frente de tudo: faz a revolução da música, das letras, do desenho e da arquitetura. Ora, um tratado da vida elegante, sendo a reunião dos princípios incomutáveis que devem dirigir a manifestação de nosso pensamento pela vida exterior, é, de alguma forma, a *metafísica* das coisas.

Capítulo III

Plano deste tratado

– Acabo de chegar de Pierrefonds, onde fui ver meu tio: ele é rico, tem cavalos, só não sabe o que é um *tigre*, um *groom*, uma *britschka*, e ainda anda num *cabriolet à pompe*[22]!...

– Vejam só!, exclamou subitamente nosso honorável amigo L. M., depositando o cachimbo entre os braços de uma *Vênus com a tartaruga* que decora sua lareira.

– Vejam só! Trata-se do homem da massa. Há o código do direito das pessoas; de uma nação – código político; dos nossos interesses – código civil; das nossas disputas – código processual; da nossa liberdade – código de instrução criminal; dos nossos desregramentos – código penal; da indústria – código comercial; do campo – código rural; dos soldados – código militar; dos negros – código negro; dos nossos bosques – código florestal; dos nossos barcos embandeirados – código marítimo... Enfim, pusemos tudo em fórmula, desde a quantidade de lágrimas que devemos derramar por um rei, um tio, um primo, até a vida e o passo de um cavalo de esquadrão...

– Bem, e então?, perguntou E. de G., não se dando conta de que nosso honorável amigo apenas recobrava a respiração.

– Bem, então, quando esses códigos foram feitos não sei qual epizootia (ele queria dizer "epidemia") atingiu os cacógrafos e fomos inundados de códigos... A polidez, o bem comer, o teatro, as pessoas de bem, as mulheres, o subsídio, os colonos, a administração, tudo ganhou o seu código. Depois, a doutrina de Saint-Simon dominou esse oceano com obras que argumentavam que a *codificação* (vejam *O organizador*) era uma ciência especial... Talvez o tipógrafo tenha se enganado e não tenha lido direito a palavra *caudificação* (de *cauda*, rabo...), mas não importa...

– Pergunto-lhe, acrescentou ele, detendo um de seus ouvintes e puxando-o por um botão, não constitui um verdadeiro milagre que a *vida elegante* não tenha encontrado legisladores em todo esse mundo escrevente e pensante? Não é verdade que esses manuais, inclusive o do guarda rural, o do prefeito e o do contribuinte, não passam de frivolidades, em comparação com um tratado sobre a *moda*? A publicação dos princípios que tornam a vida poética não é de uma enorme utilidade? Se, na província, nossas fazendas, granjas, chácaras, casas, herdades, terras arrendadas, etc., não passam, em sua maioria, de verdadeiros canis; se os rebanhos, e sobretudo os cavalos, recebem um tratamento indigno de um povo cristão; se a ciência do confortável, se o isqueiro do imortal Fumade, se a cafeteira de Lemare, se os tapetes baratos são desconhecidos a sessenta léguas de Paris, é certo que essa carência geral das mais vulgares invenções devidas à ciência moderna vem da ignorância na qual deixamos estagnar a pequena propriedade! A elegância está ligada a tudo. Ela tende a tornar uma nação menos pobre ao inspirar-lhe o gosto do luxo, pois um grande axioma é certamente este:

X. *A fortuna que adquirimos deve-se às necessidades que criamos.*

Ela (sempre a elegância) dá um aspecto mais pitoresco a um país e melhora a agricultura; pois dos cuidados dispensados ao sustento e ao abrigo dos animais depende a beleza das raças e de seus produtos. Ora, observem em quais buracos os bretões alojam as vacas, os cavalos, os carneiros e os filhos e verão que, de todos os livros a serem escritos, um tratado sobre a elegância é o mais filantrópico e o mais patriótico. Se um ministro colocou o lenço e a tabaqueira sobre a mesa de Luís XVIII[23], se os espelhos diante dos quais um jovem elegante faz a barba, na casa de um velho camponês, dão-lhe o ar de um homem prestes a cair em apoplexia e se, enfim, o tio de vocês ainda anda num *cabriolet à la pompe*, é certamente por falta de uma obra clássica sobre a *moda*!...

Nosso honorável amigo falou por muito tempo e muito bem, com essa facilidade de elocução que os invejosos chamam de *tagarelice*; concluiu, depois, dizendo:

– A elegância dramatiza a vida...

Oh! então, essa palavra provocou um hurra geral. O sagaz E. de G. provou que o drama quase não podia escapar da uniformidade imprimida pela elegância aos costumes de um país e, comparando Inglaterra e Espanha, demonstrou sua tese, ao enriquecer a argumentação com as cores locais proporcionadas pelos costumes dos dois países. Afinal, terminou assim:

– É fácil, senhores, explicar esta lacuna na ciência. Ora! Que homem, jovem ou velho, seria suficientemente corajoso para assumir uma tão ingente responsabilidade? Para levar a cabo um tratado da vida elegante seria preciso ter um impulso inimaginável de amor próprio, porque significaria querer sobrepujar as pessoas elegantes de Paris que, também elas, tateiam, tentam, mas nem sempre chegam à graça.

Neste momento, após grandes libações feitas em honra da *fashionable* deusa do chá, os espíritos tinham-se elevado ao tom do iluminismo. Então, um dos mais elegantes[24] redatores de *La Mode* levantou-se, lançando um olhar de triunfo sobre os seus colaboradores:

– Esse homem existe, disse ele.

Uma risada geral acolheu esse exórdio, mas em seguida veio o silêncio da admiração, quando ele acrescentou:

– *Brummell*! Brummell está em Bolonha, banido da Inglaterra por um número enorme de credores, esquecidos dos serviços que esse patriarca da *fashion* prestou à sua pátria!...

E então a publicação de um tratado sobre a vida elegante pareceu fácil e foi unanimemente considerada *como sendo um grande benefício* para a humanidade, como constituindo um enorme passo na via do progresso.

É inútil acrescentar que devemos a Brummell as induções filosóficas pelas quais chegamos a demonstrar, nos dois capítulos anteriores, o quanto a vida elegante liga-se fortemente à perfeição de toda sociedade humana: os antigos amigos desse imortal criador do luxo inglês terão, esperamos, identificado a elevada filosofia que, pela tradução imperfeita de seus pensamentos, orienta aqueles capítulos.

Será difícil exprimir o sentimento que se apoderou de nós quando avistamos esse príncipe da moda: era respeito e alegria ao mesmo tempo. Como não beliscar epigramaticamente os lábios ao ver o homem que tinha inventado a filosofia dos móveis, dos coletes, e que ia nos legar axiomas sobre as calças, sobre a graça e sobre os aprestos?

Mas, também, como não ser penetrado de admiração pelo mais íntimo amigo de George IV, pelo *fashionable* que tinha imposto leis à Inglaterra e dado ao príncipe de Gales esse gosto pela toalete e pelo *confortabilismo* que proporcionou tanta promoção aos oficiais bem vestidos[25]? Não era ele uma prova viva da influência exercida pela moda? Mas, quando pensamos que Brummell tinha, nesse momento, uma vida cheia de amargura, e que Bolonha era o seu rochedo de Santa Helena, todos os nossos sentimentos confundiram-se num entusiasmo respeitoso.

Nós o vimos no momento de se levantar. Sua roupa de dormir trazia a marca de sua infelicidade; mas, ao mesmo tempo que refletia essa situação, harmonizava-se admiravelmente com os acessórios do apartamento. Brummell, velho e pobre, era ainda Brummell; entretanto, uma corpulência igual à de George IV tinha desfeito as felizes disposições desse corpo modelo, e o ex-deus do dandismo usava uma peruca!... Horrível lição!... Brummell desse jeito!... Não era a imagem de Sheridan caindo de bêbado ao sair do parlamento ou sendo detido pelo oficial de justiça?

Brummell de peruca; Napoleão como jardineiro; Kant agindo como uma criança; Luís XVI de gorro vermelho, e Charles X em Cherbourg!... Eis os cinco grandes espetáculos de nossa época.

O grande homem nos acolheu com um tom perfeito. Sua modéstia conseguiu nos seduzir. Parecia lisonjeado com o apostolado que lhe havíamos reservado; mas, ao mesmo tempo que nos agradecia, declarou-nos que não pensava ter talento suficiente para cumprir uma missão tão delicada.

– Felizmente, disse-nos ele, tenho como companheiros, em Bolonha, alguns cavalheiros de elite, que se comportam na França da mesma maneira, extremamente liberal, pela qual concebiam, em Londres, a vida elegante... *Honra à coragem infeliz!*, acrescentou, descobrindo-se e lançando-nos um olhar tão alegre quanto zombeteiro. Assim, continuou, poderemos formar aqui um comitê bastante ilustre, bastante experimentado, para deliberar, em última instância, sobre as dificuldades mais sérias desta vida, tão frívola na aparência, e, quando *seus amigos de Paris* tiverem aceitado ou rejeitado nossas máximas, seu empreendimento adquirirá, esperamos, um caráter monumental!

Tendo dito isso, sugeriu que tomássemos o chá com ele. Aceitamos. Quando uma *mistress* ainda elegante, apesar de sua corpulência, saiu da sala ao lado para fazer as honras do serviço de chá, compreendemos que Brummell também tinha a sua Marquesa de Conyngham. Assim, apenas a quantidade de *coroas* podia distingui-lo de seu amigo real, George IV. Desgraçadamente, *ambo pares* [ambos igualmente grandes], estão, agora, ambos mortos, ou quase.

Nossa primeira conferência ocorreu durante um jantar cujo requinte nos mostrou que a ruína de Brummell seria uma fortuna em Paris.

A questão de que nos ocupamos era uma questão de vida ou morte para nosso empreendimento.

Com efeito, se o sentimento da vida elegante devia resultar de uma organização mais ou menos feliz, seguia-se que os homens se dividiam, para nós, em duas classes: os poetas e os prosadores, os elegantes e o comum dos mártires; portanto, não havia mais tratado: os primeiros sabiam tudo, os últimos não conseguiam aprender nada.

Entretanto, após a mais memorável das discussões, vimos surgir este axioma de consolação:

XI. *Embora a elegância seja menos uma arte do que um sentimento, ela provém tanto de um instinto quanto de um hábito.*

– Sim!

Exclamou William Crad...k, o fiel companheiro de Brummell.

– Tranquilizem a temerosa gente dos *country gentlemen* (pequenos proprietários), dos comerciantes e dos banqueiros... Nem todos os filhos da aristocracia nascem com o sentimento da elegância, com o gosto que serve para imprimir à vida uma marca poética; e, entretanto, a aristocracia de cada país se distingue daquelas classes por suas maneiras e por uma notável concepção da existência! Qual é, então, esse privilégio? A educação, o hábito. Atingidos, desde o berço, pela graça harmoniosa que reina em torno deles, criados por mães elegantes cuja linguagem e cujos costumes conservam todas as boas tradições, os filhos dos grã-senhores familiarizam-se com os rudimentos de nossa ciência, e é preciso ser de uma natureza muito intratável para resistir à constante contemplação de coisas verdadeiramente belas. Assim, o espetáculo mais temível para um aristocrata é o de uma decadência tão grande que o deixe abaixo do nível de um burguês. Se as inteligências não são iguais, é raro que nossos sentidos não o sejam: pois a inteligência resulta de uma perfeição interior; ora, quanto mais alongamos a forma, mais igualdade obtemos: assim, as pernas humanas assemelham-se entre si mais do que os rostos, graças à configuração daqueles membros, que apresentam linhas alongadas. Ora, como a elegância não é senão a perfeição dos objetos sensíveis, ela deve ser acessível a todos pelo hábito. O estudo pode levar um homem rico a usar botas e calças tão bem quanto nós mesmos as usamos e ensiná-lo a gastar a sua fortuna com graça... A mesma coisa com o resto.

Brummell franziu ligeiramente a testa. Adivinhamos que ia fazer ouvir essa voz profética à qual obedecia outrora uma multidão de ricos.

– O axioma é verdadeiro, disse ele, e eu aprovo uma parte dos raciocínios formulados pelo honorável que me antecedeu; mas desaprovo fortemente que seja levantada assim a barreira que separa a vida elegante e que se abram as portas do templo a todo o povo!

– Não!

Exclamou Brummell, batendo o punho na mesa.

– Não, nem todas as pernas são chamadas a usar botas ou calças...

– Não, senhores. Não existem pessoas mancas, com defeito ou sempre horríveis? E a sentença seguinte, mil vezes pronunciadas no curso de nossa vida, não é ela um axioma?

XII. *Nada se assemelha menos a um homem do que* um homem!

– Portanto, continuou ele, após haver consagrado o vantajoso princípio que propicia aos catecúmenos da vida elegante a esperança de chegar à graça pelo hábito, reconheçamos também as exceções e procuremos, de boa fé, as suas fórmulas.

Após muitos esforços, após numerosas observações sabiamente discutidas, redigimos os axiomas seguintes:

XIII. *É preciso ter chegado ao menos até à classe de retórica para levar uma vida elegante.*

XIV. *Estão fora da vida elegante os varejistas, os homens de negócio e os professores de humanidade.*

XV. *O avaro é uma negação.*

XVI. *Um banqueiro que chegou aos quarenta anos sem ter pedido falência, ou quem tem mais de trinta e seis polegadas de cintura, é o danado da vida elegante: ele verá o paraíso sem nunca aí entrar.*

XVII. *O ser que não vem frequentemente a Paris jamais será completamente elegante.*

XVIII. *O homem descortês é o leproso do mundo* fashionable[26].

– Basta!

Disse Brummell.

– Se acrescentássemos um único aforismo a mais, estaríamos entrando no ensinamento dos princípios gerais que devem ser o objeto da segunda parte do tratado.

Então, dignou-se estabelecer ele mesmo os limites da ciência ao dividir assim nossa obra:

– Se examinarem com cuidado, disse ele, todas as traduções materiais do pensamento de que se compõe a vida elegante, vocês ficarão, sem dúvida, impressionados, como eu, com a proximidade mais ou menos estreita que existe entre certas coisas e a nossa pessoa. Assim, a palavra, o caminhar, as maneiras são atos que procedem *imediatamente* do homem e que estão inteiramente submetidos às leis da elegância. A mesa, as pessoas, os cavalos, os veículos, os móveis, a apresentação das casas não derivam, por assim dizer, senão *mediatamente* do indivíduo. Ainda que esses acessórios carreguem igualmente a marca da elegância que imprimimos a tudo que vem de nós, eles parecem, de alguma maneira, distanciados da sede do pensamento, e não devem ocupar senão um segundo lugar nesta vasta teoria da elegância. Não é natural refletir o grande pensamento que move o nosso século numa obra destinada talvez a influenciar os costumes dos ignorantões da *fashion*? Convenhamos, pois, aqui, que todos os princípios que se vincularão imediatamente à inteligência terão o primeiro lugar na distribuição desta enciclopédia aristocrática.

– Entretanto, senhores, acrescentou Brummell, há um fato que domina todos os outros. O homem se veste antes de agir, falar, andar, comer; as ações que pertencem à moda, ao porte, à conversação, etc., nunca são senão as consequências de nossa toalete. Sterne, este admirável observador, proclamou, da mais espirituosa das maneiras, que as ideias do homem barbeado não eram as mesmas do homem barbudo. Sofremos todos a influência da roupa. O artista aprontado para sair não trabalha mais. Vestida de um penhoar ou aprontada para o baile, um mulher é bem diferente: diríamos, duas mulheres!

Aqui, Brummell suspirou.

– Nossas maneiras da manhã não são as mesmas da noite, continuou ele. Enfim, George IV, cuja amizade tanto me honrou, pensou ser maior no dia de sua coroação do que no dia seguinte. A toalete é, pois, a maior modificação experimentada pelo homem social: ela pesa sobre toda a existência. Ora, não creio violar a lógica ao propor-lhes ordenar assim a obra de vocês: após ter ditado na segunda parte as leis gerais da vida elegante, vocês deverão consagrar a terceira parte às coisas que procedem imediatamente do indivíduo, e colocar a toalete em primeiro lugar. Enfim, na minha opinião, a quarta parte seria destinada às coisas que procedem mediatamente da pessoa, e que considero como *acessórias*.

Desculpamos a predileção de Brummell pela toalete: ela fizera a sua glória. É talvez o erro de um grande homem, mas não ousamos combatê-la, sob o risco de ver esta feliz classificação rejeitada pelos elegantologistas de todos os países. Decidimos equivocarmo-nos junto com Brummell.

Assim, as matérias a serem tratadas na segunda parte foram adotadas por unanimidade por esse ilustre parlamento de modófilos, sob o título de *Princípios gerais* da vida elegante. A terceira parte, que diz respeito às *coisas que procedem imediatamente da pessoa*, foi dividida em vários capítulos.

A primeira compreenderá *a toalete em todas as suas partes*. Um primeiro parágrafo será consagrado à *toalete dos homens*, um segundo, à *toalete das mulheres*; um terceiro oferecerá um *ensaio* sobre os *perfumes*, sobre os *banhos*, sobre o *penteado*.

Um outro capítulo dará uma *teoria completa do caminhar e da manutenção*.

Um de nossos melhores amigos, o Sr. Eugène Sue, notável tanto pela elegância de seu estilo e pela originalidade de seus apanhados quanto por um gosto refinado das coisas, por uma maravilhosa concepção da vida, prometeu-nos a comunicação de suas notas para um capítulo intitulado *Da impertinência considerada nas suas relações com a moral, a religião, a política, as artes e a literatura*.

Sobre as duas últimas divisões a discussão tornou-se acalorada. Tratava-se de saber se o capítulo das *Maneiras* deveria vir antes do capítulo da *Conversação.*

Brummell pôs fim à discussão por um improviso que lamentamos não poder comunicar por inteiro. Ele terminou assim:

– Senhores, se estivéssemos na Inglaterra, as ações viriam necessariamente antes da palavra, pois meus compatriotas são, em geral, bastante taciturnos; mas tive a oportunidade de observar que na França vocês falam sempre muito antes de agir.

A quarta parte, consagrada aos *acessórios*, compreenderá os princípios que devem reger os aposentos, os móveis, a mesa, os cavalos, as pessoas, os veículos, e terminaremos com um tratado sobre *a arte de receber, seja na cidade, seja no campo,* e sobre *a arte de se portar com os outros.*

Teremos abrangido, assim, a universalidade da mais vasta de todas as ciências: a que ocupa todos os momentos de nossa vida, que governa todos os atos de nossa vigília e os instrumentos de nosso sono; pois ela reina ainda até mesmo durante o silêncio das noites.

Segunda parte

Princípios gerais

Monografia da virtude

Pensai também, senhora,
que há perfeições revoltantes.

(*Monografia da virtude,* obra inédita do autor)

Capítulo IV

Dogmas

A Igreja reconhece sete pecados capitais e não admite mais que três virtudes teologais. Temos, pois, sete princípios de remorso contra três fontes de consolação! Nenhuma criatura humana, sem excetuar Santa Teresa nem São Francisco de Assis, conseguiu escapar às consequências dessa proposição fatal.

Apesar de seu rigor, da mesma maneira que dirige o universo católico, este dogma governa o mundo elegante. O mal sabe estipular acomodações, o bem segue uma linha severa. Dessa lei eterna podemos extrair uma axioma confirmado por todos os dicionários dos *casos de consciência*:

XIX. *O bem não tem senão um modo; o mal tem mil.*

Assim, a vida elegante tem seus pecados capitais e suas três virtudes cardinais. Sim, a elegância é una e indivisível, como a Trindade, como a liberdade, como a virtude. Daí resultam os mais importantes de todos os nossos aforismos gerais:

XX. *O princípio constitutivo da elegância é a unidade.*

XXI. *Não existe unidade possível sem o esmero, sem a harmonia, sem a simplicidade relativa.*

Mas não é a simplicidade antes que a harmonia, nem a harmonia antes que o esmero, que produz a elegância: ela nasce de uma concordância misteriosa entre essas três virtudes primordiais. Criá-la em toda parte, e rapidamente, é o segredo dos espíritos inatamente distintos.

Ao analisar todas as coisas de mau gosto que maculam a indumentária, os apartamentos, os discursos ou o porte de um desconhecido, os observadores sempre descobrirão que elas pecam por infrações mais ou menos perceptíveis a essa tripla lei da unidade.

A vida exterior é uma espécie de sistema organizado, que representa um homem tão exatamente quanto as cores do caracol se reproduzem em sua concha. Além disso, na vida elegante, tudo se encadeia e se comunica entre si. Quando o Sr. Cuvier descobre o osso frontal, maxilar ou crural de algum animal, não infere disso toda uma criatura, até mesmo antediluviana, e não reconstrói imediatamente um indivíduo classificado, seja entre os sáurios ou os marsupiais, seja entre os carnívoros ou os herbívoros?... Esse homem jamais se enganou: seu gênio revelou-lhe as leis unitárias da vida animal.

Da mesma maneira, na vida elegante, uma única cadeira deve determinar toda uma série de móveis, tal como a espora faz supor um cavalo. Uma certa maneira de vestir-se anuncia uma certa esfera de nobreza e de bom gosto. Cada fortuna tem sua base e seu cume. Os Georges Cuviers da elegância nunca se expõem a formular juízos errôneos: eles lhe dirão a qual quantidade de zeros, na cifra das rendas, devem pertencer as galerias de quadros, os cavalos de pura raça, os tapetes da Savonnerie, as cortinas de seda diáfana, as lareiras de mosaico, os vasos etruscos e os relógios encabeçados por uma estátua saída do cinzel dos Davids. Tragam-lhe, enfim, apenas uma patera: deduzirão daí todo um toucador, um aposento, um palácio.

Esse conjunto rigorosamente exigido pela unidade torna solidários todos os acessórios da existência; pois um homem de gosto julga, como um artista, a partir de um nada. Quanto mais perfeito for o conjunto, tanto mais perceptível será algum barbarismo nele contido. Só um idiota ou um homem de gênio seriam capazes de usar um *martinet*[27] como receptáculo de uma vela. As aplicações dessa grande lei *fashionable* foram bem compreendidas pela mulher célebre (Sra. T.) à qual devemos este aforismo:

XXII. *Conhece-se o espírito da anfitriã assim que se passa o umbral de sua porta.*

Essa vasta e perpétua imagem que representa[28] a sua fortuna jamais deve se constituir num espécime que seja infiel a ela; pois você seria colocado entre dois fogos: a avareza ou a impotência. Ora, quer você seja demasiadamente vaidoso, quer seja demasiadamente modesto, você não obedece mais a essa unidade, da qual o menor dos efeitos consiste em produzir um feliz equilíbrio entre suas forças produtivas e sua forma exterior.

Um erro tão capital determina toda uma fisionomia.

A avareza, primeiro termo dessa proposição, já foi julgada; mas, sem poderem ser acusadas de um vício tão vergonhoso, muitas pessoas, aplicadas a obterem dois resultados, esforçam-se por levar uma vida elegante com economia. Essas certamente chegam a um resultado: são ridículas. Não se assemelham, o tempo todo, a inábeis montadores teatrais cujos decorados deixam entrever as molas, os contrapesos e os bastidores? Deixam de cumprir, assim, estes dois axiomas fundamentais da ciência:

XXIII. *O efeito mais essencial da elegância consiste em ocultar os meios.*

XXIV. *Tudo o que revela uma economia é deselegante.*

Com efeito, a economia é um meio. É o nervo de uma boa administração, mas assemelha-se ao óleo que fornece a flexibilidade e a suavidade às engrenagens de uma máquina: não deve ser vista nem sentida.

Esses inconvenientes não são os únicos castigos com que são punidas as pessoas parcimoniosas. Ao restringir o desenvolvimento de sua existência, elas descem de sua esfera e, apesar de seu poder, colocam-se no nível daqueles que a vaidade precipita em direção ao perigo oposto. Quem não tremeria diante dessa terrível fraternidade?

Quantas vezes você não encontrou, na cidade ou no campo, burgueses semiaristocratas que, arrumados além da medida, são obrigados, por falta de transporte, a calcular suas visitas, seus prazeres e seus deveres de acordo com o almanaque de Matthieu Laensberg? Escrava de seu chapéu, a senhora receia a chuva, e o senhor teme o sol ou a poeira. Sensíveis como barômetros, adivinham o tempo, abandonam tudo e desaparecem à vista de uma nuvem. Molhados e enlameados, acusam-se reciprocamente, ao chegarem em casa, de suas desgraças; incomodados em toda parte, não desfrutam de nada.

Esta doutrina foi resumida por um aforismo aplicável a todas as existências, desde a da mulher obrigada a levantar sua saia para sentar-se num carro, até a do pequeno príncipe da Alemanha que exige ter cantores de ópera bufa à sua disposição:

XXV. *Do acordo entre a vida exterior e a fortuna resulta a desenvoltura.*

A observação religiosa desse princípio é a única coisa que permite a um homem exibir, nos seus mínimos atos, uma liberdade sem a qual a graça não poderia existir. Se mede seus desejos por seu poder, permanece na sua esfera sem temor de decair. Essa segurança na ação, que se poderia chamar de *a consciência do bem-estar*, preserva-nos de todas as tempestades ocasionadas por uma vaidade mal-entendida.

Assim, os versados na vida elegante não cobrem seus tapetes com uma longa faixa verde, indicando por onde se pode passar, e não temem as visitas de um velho tio asmático. Não consultam o termômetro para sair com seus cavalos. Submetidos tanto aos encargos quanto aos benefícios da fortuna, não parecem nunca contrariados por um dano; pois, neles, tudo se conserta com o dinheiro ou se resolve com o maior ou o menor esforço de seus criados. Colocar um vaso, um relógio de parede numa caixa, cobrir seus divãs com capas, embrulhar um lustre não é se assemelhar a essa boa gente que, após ter feito economias para comprar candelabros, cobrem-nos imediatamente com uma gaze espessa? O homem de gosto deve desfrutar de tudo o que possui. Como Fontenelle, *ele não gosta das coisas que exigem demasiado respeito*. A exemplo da natureza, ele não teme exibir todos os dias o seu esplendor; ele é capaz de reproduzi-la. Além disso, não espera, tal como os veteranos do Luxemburgo[29], até que seus móveis atestem seus serviços através de numerosos galões, para dar-lhes outro destino, e jamais se queixa do preço excessivo das coisas, pois ele tudo previu. Para o homem *da vida ocupada*, as recepções são solenidades; ele tem suas *sagrações* periódicas para as quais desembala tudo, esvazia seus armários e descobre seus bronzes; mas o homem *da vida elegante* sabe receber a toda hora sem se deixar surpreender. Sua divisa é a de uma família cuja glória associa-se à descoberta do novo mundo; ele está renovadamente *semper paratus*, sempre pronto, sempre semelhante a si mesmo. Sua casa, seus criados, suas carruagens, seu luxo, ignoram o preconceito do domingo. Todos os dias são dias de festa. Enfim, *si magna licet componere parvis*[30], ele é como o famoso Dessein, que respondia, sem se perturbar, ao tomar conhecimento da chegada do Duque de York:

"Aloje-o no número 4".

Ou como a Duquesa de Abrantes que, solicitada, na véspera, por Napoleão, a receber, no castelo de Raincy, a Princesa da Westfália, propicia, no dia seguinte, os prazeres de uma caça real, opulentos festins e um suntuoso baile aos soberanos.

Todo *fashionable* deve imitar, em sua esfera, essa ampla compreensão da existência: ele obterá facilmente esses maravilhosos resultados por um busca constante, por um refinado frescor nos detalhes. O cuidado perpetua a boa graça do conjunto, e daí provém este axioma inglês:

XXVI. *A tarefa de manutenção é o* sine qua non *da elegância.*

A manutenção não é apenas essa condição vital do esmero que nos obriga a imprimir às coisas seu lustro cotidiano: essa palavra exprime todo um sistema.

No momento em que a fineza e a graça dos tecidos substituíram, na indumentária europeia, o peso das lãs douradas e as cotas armoriais da penosa Idade Média, deu-se uma grande revolução nas coisas da vida. Em vez de enterrar os fundos num mobiliário pouco durável, passamos a gastar o dinheiro em objetos mais leves, menos caros, fáceis de serem renovados, e as famílias não se viram mais privadas do capital[31].

Esse cálculo de uma civilização avançada teve seus últimos desenvolvimentos na Inglaterra. Nessa pátria do confortável, o material da vida é considerado como uma grande vestimenta, essencialmente mutável e submetido aos caprichos da *fashion*. Os ricos trocam anualmente seus cavalos, seus carros, suas mobílias; até os diamantes são trocados; tudo assume uma nova forma. Além disso, os menores móveis são fabricados com esse espírito; as matérias-primas são sabiamente economizadas. Se não chegamos ainda a esse nível da ciência, fizemos, entretanto, alguns progressos. As pesadas obras em madeira do Império estão inteiramente condenadas, bem como seus carros pesados e suas esculturas, semi-obras-primas que não satisfaziam nem o artista nem o homem de gosto. Caminhamos, enfim, numa trilha de elegância e de simplicidade. Se a modéstia de nossas fortunas não permite ainda mudanças frequentes, pelo menos compreendemos este aforismo que domina os costumes atuais:

XXVII. *O luxo é menos dispendioso do que a elegância.*

E tendemos a nos afastar do sistema em virtude do qual nossos ancestrais consideravam a aquisição de um móvel como um investimento financeiro; pois cada um sentia instintivamente que é ao mesmo tempo mais elegante e mais confortável comer num serviço de porcelana lisa do que mostrar aos curiosos uma taça na qual Constantin reproduziu a *Fornarina*. As artes dão à luz maravilhas que os simples cidadãos devem deixar aos reis, tal como os monumentos, que pertencem apenas às nações. O homem estúpido o bastante para introduzir no conjunto de sua vida uma única amostra de uma existência superior procura parecer o que não é e recai, então, nessa impotência com que nos esforçamos por deslustrar os ridículos.

Assim, redigimos a máxima seguinte para esclarecer as vítimas da mania das grandezas:

XXVIII. *Como a vida elegante é um efetivo desenvolvimento do amor próprio, tudo o que revela muito fortemente a vaidade tem como resultado um pleonasmo.*

Coisa admirável!... Todos os princípios gerais da ciência não são mais do que corolários do grande princípio que proclamamos; pois a manutenção e suas leis são, de alguma maneira, a consequência imediata da *unidade*.

Muitas pessoas colocaram como objeção a enormidade das despesas que seriam necessárias para cumprir os nossos despóticos aforismos...

"Qual fortuna", nos disseram, "poderia satisfazer às exigências de suas teorias?... Não é verdade que, no dia seguinte àquele que uma casa teve sua mobília e sua tapeçaria renovada, em que uma carruagem foi restaurada, em que a seda de um toucador foi trocada, um *fashionable* vem insolentemente apoiar sua cabeça engordurada num cortinado da parede? Que chega um homem enraivecido expressamente para sujar um tapete? Que desajeitados esbarram na carruagem? E é possível impedir, todas as vezes, que impertinentes ultrapassem o sagrado umbral do toucador?".

Essas queixas, apresentadas com aquela especiosa arte com que as mulheres sabem colorir todos os seus argumentos, foram pulverizadas por este aforismo:

XXIX. *Um homem de bom trato não se julga mais o dono de todas as coisas que, em sua casa, devem ser postas à disposição dos outros.*

Um elegante não diz nunca, como o rei, a *nossa* carruagem, o *nosso* palácio, o *nosso* castelo, os *nossos* cavalos, mas sabe marcar todas as suas ações com esse tipo de delicadeza real; feliz metamorfose com o auxílio da qual um homem parece partilhar sua fortuna com todos aqueles que o rodeiam. Assim, essa nobre doutrina implica um outro axioma, não menos importante que o precedente:

XXX. *Admitir uma pessoa em sua casa é supô-la digna de habitar a sua esfera.*

Assim, as pretendidas desgraças com as quais uma limitada anfitriã questionaria nossos dogmas absolutos não podem provir senão de uma falta imperdoável de tato. Uma anfitriã pode, por acaso, queixar-se alguma vez de falta de consideração ou de cuidado? Não é culpa sua? Não existe, para as pessoas apropriadas, signos maçônicos graças aos quais eles devem se reconhecer? Ao não receber em sua intimidade senão seus iguais, o homem elegante não tem mais acidentes a temer; se alguns lhe acontecem, não passam desses golpes do acaso que ninguém está isento de sofrer. A antecâmara é uma instituição na Inglaterra, onde a aristocracia fez tão grandes progressos: há poucas casas que não tenham um locutório. É nessa peça que se concede audiência a todos os subordinados. A distância mais ou menos grande que separa nossos ociosos dos homens ocupados é representada pela etiqueta. Os filósofos, os irreverentes, os trocistas que se riem das cerimônias, não receberiam o seu merceeiro, ainda que fizesse parte do supremo colégio eleitoral, com as atenções com que cercariam um marquês. Não se segue daí que os *fashionables* desprezam os trabalhadores: longe disso, têm por eles uma admirável fórmula de respeito: "São *pessoas estimáveis*".

É, além disso, tão desastroso, para um elegante, rir-se da classe industriosa quanto torturar abelhas ou perturbar um artista enquanto trabalha: não é de bom tom.

Os salões pertencem, portanto, àqueles que têm o senso de *equilíbrio da elegância*, assim como as fragatas são para aqueles que têm o senso do *equilíbrio do mar*. Se você não questionou os prolegômenos, é preciso aceitar as suas consequências.

Dessa doutrina deriva um aforismo fundamental:

XXXI. *Na vida elegante, não existe mais superioridade: as pessoas se tratam de poder para poder.*

Um homem de bom trato não diz a ninguém: "Tenho a honra, etc.". Ele não é o muito humilde servidor de nenhum homem.

O sentimento das conveniências dita hoje novas fórmulas que as pessoas de gosto sabem adequar às circunstâncias. Sob esse aspecto, aconselhamos os espíritos estéreis a consultar as *Cartas* de Montesquieu. Esse ilustre escritor exibe uma rara agilidade intelectual pela maneira como termina seus mais corriqueiros bilhetes, ao rejeitar a absurda monotonia do "Tenho a honra de ser...".

Uma vez que as pessoas da vida elegante representam as aristocracias naturais de um país, elas se devem reciprocamente a consideração da igualdade mais completa. Como o talento, o dinheiro e o poder dão os mesmos direitos, o homem de aparência frágil ao qual você inadequadamente dirigiu um leve aceno de cabeça logo estará no topo do Estado, e aquele que você cumprimenta obsequiosamente voltará amanhã ao nada da fortuna sem poder.

Até aqui o conjunto de nossos dogmas abrangeu mais o espírito do que a forma das coisas. Apresentamos, de alguma maneira, a *estética* da vida elegante. Na busca das leis gerais que regem os detalhes, estivemos menos admirados que surpresos por descobrir uma espécie de similitude entre os verdadeiros princípios da arquitetura e aqueles que ainda resta traçar. Assim, perguntamo-nos se, por acaso, a maior parte dos objetos que está a serviço da vida elegante não pertence ao domínio da arquitetura. A roupa, o leito, o cupê são abrigos da pessoa, assim como a casa é a grande roupa que cobre o homem e as coisas de seu uso. Parece que utilizamos tudo, até a linguagem, como disse o Sr. de Talleyrand, para ocultar uma vida, um pensamento que, apesar de nossos esforços, atravessa todos os véus.

Sem querer dar a esse princípio mais importância do que a que merece, consignaremos aqui algumas dessas regras:

XXXII. *A elegância exige imperiosamente que os meios sejam apropriados ao fim.*

Desse princípio derivam dois outros aforismos que são a sua consequência imediata.

XXXIII. *O homem de gosto deve sempre saber reduzir a necessidade ao simples.*

XXXIV. *É preciso que cada coisa pareça o que é.*

XXXV. *A prodigalidade dos ornamentos prejudica o efeito.*

XXXVI. *O ornamento deve ser colocado em lugar elevado.*

XXXVII. *Em tudo, a multiplicidade de cores será de mau gosto.*

Apesar da simplicidade dessas leis, que mais de um elegantologista talvez pudesse ter redigido, deduzido ou encadeado melhor, não concluiremos sem observar aos neófitos da *fashion* que o bom gosto não resulta ainda tanto do conhecimento dessas regras quanto de sua aplicação. Um homem deve praticar esta ciência com a mesma desenvoltura com que fala a língua materna. Balbuciar é algo arriscado no mundo elegante. Não têm vocês frequentemente visto alguns desses *demi-fashionables* que se esforçam por correr atrás da graça, que se perturbam se veem uma prega a menos em sua camisa e suam sangue para atingir uma falsa correção, de maneira semelhante a esses pobres ingleses que sacam, a cada palavra, seu *pocket*? Lembrem-se, pobres cretinos da vida elegante, que de nosso aforismo XXXIII resulta essencialmente este outro princípio, que é a condenação eterna de vocês:

XXXVIII. *A elegância trabalhada está para a verdadeira elegância como uma peruca está para os cabelos.*

Essa máxima implica, como consequência grave, o corolário seguinte:

XXXIX. O dandismo *é uma heresia da vida elegante.*

Com efeito, o dandismo é uma afetação da moda. Ao se fazer dândi, um homem torna-se um móvel de toucador, um manequim extremamente engenhoso, que pode fazer pose em cima de um cavalo ou num canapé, que mordisca ou chupa habitualmente o cabo de uma bengala[32], mas um ser pensante... nunca! O homem que não vê, na moda, senão a moda é um tolo. A vida elegante não exclui nem o pensamento nem a ciência: ela os consagra. Ela não deve ensinar apenas a desfrutar do tempo, mas a utilizá-lo numa ordem extremamente elevada de ideias.

Uma vez que encontramos, ao começar esta terceira parte de nosso tratado, alguma similaridade entre os nossos dogmas e os do cristianismo, concluiremos tomando de empréstimo à teologia termos escolásticos próprios para exprimir os resultados obtidos por aqueles que sabem aplicar nossos princípios com maior ou menor felicidade.

Um homem novo é produzido, suas carruagens são de bom gosto; recebe maravilhosamente, seus criados não são grosseiros; dá excelentes jantares; está a par da moda, da política, das palavras novas, dos usos efêmeros; chega até a criá-los; enfim, tudo, nele, exibe o grau exato de conforto. Ele é, de alguma maneira, o *metodista* da elegância e avança à altura do século. Nem gracioso nem desagradável, jamais citarão uma palavra sua que seja inconveniente e não lhe escapa qualquer gesto que não seja de bom tom... Não concluamos esse retrato; esse homem tem a *graça suficiente*.

Não conhecemos todos um amável egoísta que possui o segredo de nos falar muito sobre ele sem nos desagradar? Tudo, nele, é gracioso, fresco, requintado, até mesmo poético. Ele causa inveja. Ao mesmo tempo que nos reúne a seus prazeres, a seu luxo, ele parece temer nossa falta de fortuna. Sua obsequiosidade, toda ela feita de conversa, é uma polidez aperfeiçoada. Para ele, a amizade não é senão um tema cuja riqueza conhece admiravelmente bem e cujas modulações ajusta segundo o diapasão de cada pessoa.

Sua vida está marcada por uma personalidade perpétua, da qual se redime graças às suas maneiras: artista com os artistas, velho com um velhinho, criança com as crianças, ele seduz sem querer, pois nos mente em seu interesse e nos diverte por cálculo. Ele nos acolhe e nos afaga porque está enfadado e, se hoje nos damos conta de que fomos iludidos, amanhã iremos novamente nos deixar enganar... Esse homem possui a *graça essencial*.

Mas é uma pessoa cuja voz harmoniosa imprime à conversa um encanto que se difunde também por suas maneiras. Sabe quando falar e quando se calar, ocupa-se dos outros com delicadeza, não lida senão com assuntos convenientes de conversa; suas palavras são felizmente escolhidas; sua linguagem é pura, seu gracejo é carícia e sua crítica não fere.

Longe de contradizer a ignorante segurança de um tolo, parece buscar, na companhia dos outros, o bom senso ou a verdade. Não disserta, assim como não discute; compraz-se em conduzir uma conversa que interrompe quando achar conveniente. De humor constante, sua atitude é afável e sorridente. Sua polidez não é nada forçada, sua solicitude não é servil; reduz o respeito a não mais que uma suave sombra; jamais cansa as pessoas e faz com que fiquem satisfeitas com ele e com elas próprias. Atraídos para sua esfera por um poder inexplicável, encontraremos seu espírito de boa graça gravado nas coisas que a cercam; tudo aí afaga a vista e respiramos como que um ar de pátria. Na intimidade, essa pessoa nos seduz por um tom genuíno. Ela é natural. Nunca com esforço, com luxo, com exibição; seus sentimentos se exprimem de forma simples por serem verdadeiros. Ela é franca, sem ofender qualquer amor-próprio. Aceita os homens como Deus os fez, perdoando os defeitos e os atos ridículos; compreendendo todas as idades e não se irritando com nada, porque ela tem o tato de tudo prever. Ela obsequia em vez de consolar, ela é terna e alegre: assim, gostaremos dela irresistivelmente. Nós a tomaremos como modelo e lhe prestaremos culto.

É uma pessoa que tem a *graça divina e concomitante.*[33]

Charles Nodier soube personificar esse ser ideal em seu *Oudet*, graciosa figura que a magia do pincel do retratista não conseguiu arruinar. Mas não basta ler a história: é preciso escutar o próprio Nodier contando certas particularidades que estão demasiadamente ligadas à vida privada para serem escritas, e então se conseguiria imaginar o poder extraordinário dessas criaturas privilegiadas...

Esse poder magnético é o grande objetivo da vida elegante. Devemos, todos, tentar nos apossar dele; mas consegui-lo é sempre difícil, pois a causa do sucesso está numa bela alma. Felizes aqueles que o exercem! É tão bonito ver tudo nos sorrir: tanto a natureza quanto os homens!...

Os pontos principais foram inteiramente percorridos: vamos agora nos ocupar dos detalhes.

TERCEIRA PARTE

Das coisas que procedem imediatamente da pessoa

"A senhora acredita que se pode ser um homem de talento sem todas essas tolices?". "Sim", respondeu ela, "mas será um homem de talento mais ou menos amável, bem ou mal-educado".

Desconhecidos conversando num salão.

Capítulo V

Da toalete em todas as suas partes

Devemos ao Sr. Auger, jovem escritor cujo espírito filosófico tem proporcionado sérias considerações às mais frívolas questões da moda, um pensamento que transformaremos em axioma:

XL. *A toalete é a expressão da sociedade.*

Essa máxima resume todas as nossas doutrinas e as contém tão fortemente que nada mais pode ser dito que não seja um desenvolvimento mais ou menos feliz desse sábio aforismo.

O erudito ou o homem do mundo elegante que quisesse pesquisar, em cada época, os costumes de um povo, tornaria, assim, a sua história mais pitoresca e mais nacionalmente verdadeira. Explicar a longa cabeleira dos francos, a tonsura dos monges, os cabelos raspados do servo, as perucas de Popocambou, o pó aristocrático, e o corte de cabelo à maneira de Tito[34], de 1790, não equivaleria a fazer um relato das principais revoluções de nosso país?

Perguntar-se a origem dos sapatos de bico revirado, das esmoleiras[35], dos capuzes, das insígnias, das saias-balão, das ancas postiças, das luvas, das máscaras, do veludo significa trazer um *modólogo* para o terrível labirinto das leis suntuárias, e para todos os campos de batalha nos quais a civilização triunfou sobre os toscos costumes trazidos para a Europa pela barbárie da Idade Média. Se a Igreja excomungou, primeiro, os padres que adotaram os calções e, depois, os que os substituíram pelas calças; se a peruca dos cônegos de Beauvais ocupou outrora o Parlamento de Paris durante meio século, é porque essas coisas, aparentemente fúteis, representavam ou ideias ou interesses: seja o pé, seja o busto, seja a cabeça, vocês verão sempre um progresso social, um sistema retrógrado ou alguma luta renhida se esboçar a partir de uma parte qualquer do vestuário. Ora é o calçado que anuncia um privilégio, ora é o capuz, o gorro ou o chapéu que assinalam uma revolução; aqui é um bordado ou uma echarpe, ali são galões ou algum ornamento de palha que exprimem a adesão a um grupo: e assim pertenceremos aos cruzados, aos protestantes, aos Guises, à Liga, ao Berneses ou à Fronde[36].

Você veste um gorro verde? Você é um homem sem honra.

Você carrega na roupa um disco amarelo, à guisa de distintivo, na sobrecasaca? Afaste-se, pária da cristandade!... Volte, judeu, para a sua toca na hora do toque de recolher ou você será multado.

Ah! mocinha, tens anéis de ouro, colares miríficos e brincos que brilham com teus olhos de fogo!... Cuida-te! Se o agente de polícia te vê, ele te prenderá e irás para a cadeia por ter dessa maneira se *enfiado* pela cidade, correndo, orgulhosa de teu corpo, através das ruas, nas quais fazes cintilar os olhos dos velhos cujas bolsas arruínas!...

Você tem as mãos brancas?... Você é degolado aos gritos de "Viva Jacques Bonhomme! Morte aos senhores!".

Você tem uma cruz de Santo André?... Entre sem medo em Paris: aqui reina Jean Sans Peur.

Você porta a insígnia tricolor? Fuja!... Você será assassinado por Marselha, pois os últimos canhões de Waterloo cuspiram sobre nós a morte e os velhos Bourbons!

Por que a toalete seria, pois, sempre o mais eloquente dos estilos, se ela não era realmente todo o homem, o homem com suas opiniões políticas, o homem com o texto de sua existência, o homem hieroglifado? Inclusive ainda hoje, a *vestignomia*[37] tornou-se um ramo da arte criada por Gall e Lavater. Ainda que agora nos vistamos mais ou menos da mesma maneira, é fácil, para o observador, descobrir, numa multidão, no meio de uma assembleia, no teatro, no passeio, o homem do Marais, do *faubourg* Saint-Germain, do Latin, da Chaussée-d'Antin; o proletário, o proprietário, o consumidor e o produtor, o advogado e o militar, o homem que fala e o homem que age.

Os intendentes de nossos exércitos não reconhecem os uniformes de nossos regimentos com mais prontidão do que o fisiologista[38] distingue as librés impostas ao homem pelo luxo, pelo trabalho ou pela miséria.

Instale um cabideiro e pendure algumas roupas!...

Bem! A menos que você tenha andado pela rua como um tolo que não consegue ver nada, você adivinhará o burocrata por esse desbotamento das mangas, por essa larga linha horizontal deixada nas costas pela cadeira na qual muito frequentemente se apoia para amassar sua pitada de tabaco ou para descansar das fadigas da boa vida. Você verá o homem de negócios no bolso recheado de cartões; o flâneur nos bolsos esgarçados da calças, em que coloca frequentemente as mãos; o lojista na largura extraordinária dos bolsos, que estão sempre entreabertos como que se queixando por estarem privados de seus pacotes costumeiros. Enfim, um colarinho mais ou menos limpo, empoeirado, seboso, gasto; botoeiras mais ou menos surradas; uma barra caída, a firmeza de uma entretela nova: são os diagnósticos infalíveis das profissões, dos costumes ou dos hábitos. Eis aqui o traje novinho do dândi, o linho fino do rentista, a sobrecasaca curta do corretor clandestino, o fraque com botões de ouro areado do lionês antiquado ou o *spencer* engraxado de um avaro.

Brummell tinha, pois, muita razão em ver a *toalete* como o ponto culminante da vida elegante; pois ela domina as opiniões, ela as determina, ela reina! É talvez uma desgraça, mas assim funciona o mundo. Onde há muitos tolos, as tolices se perpetuam; e certamente é preciso confirmar esse pensamento por meio do axioma:

XLI. *O descuido com a toalete é um suicídio moral.*

Mas se a toalete é todo o homem, ela é, ainda muito mais, toda a mulher. A menor incorreção num adereço pode fazer com que uma duquesa desconhecida seja relegada aos últimos níveis sociais.

Princípios ecumênicos da toalete

As pessoas que se vestem à maneira do trabalhador braçal, cujo corpo enverga cotidiana e negligentemente a mesma envoltura, sempre engraxada e mal cheirosa, são tantas que esses néscios que andam pelo mundo, mas nada enxergam, que morrem sem ter vivido, que não conhecem o valor de uma comida nem o poder das mulheres não conseguem dizer algo espirituoso, mas tampouco uma tolice. Mas, "meu Deus, perdoai-os, eles não sabem o que fazem!".

Se for o caso de convertê-los à elegância, poderão eles algum dia compreender esses axiomas fundamentais de toda a nossa ciência?

XLII. *O bruto se cobre, o rico ou o idiota se adornam, o homem elegante se veste.*

XLIII. *A toalete é, ao mesmo tempo, uma ciência, uma arte, um hábito, um sentimento.*

Com efeito, qual é a mulher de quarenta anos que não reconhecerá uma ciência profunda na toalete? Não concordam que não é possível haver graça na roupa se não se está acostumado a vesti-la? Há algo de mais ridículo do que a costureirinha desfrutável vestida com roupa da corte? E quanto ao sentimento da toalete, quantos devotos, quantas mulheres e quantos homens contarão vocês, pelo mundo, aos quais são proporcionados o ouro, os tecidos, as sedas, as criações mais maravilhosas do luxo, e que delas se utilizam para dar a aparência de um ídolo japonês! Segue-se daí um aforismo igualmente verdadeiro, que até mesmo os coquetes eméritos e os professores de sedução devem sempre estudar:

XLIV. *A toalete não consiste tanto na roupa quanto numa certa maneira de vesti-la.*

Assim, não é tanto a roupa em si quanto o seu espírito que é preciso compreender. Existe, no interior das províncias, e até mesmo em Paris, um bom número de pessoas capazes de cometer, em matéria de modas novas, o erro daquela duquesa espanhola que, recebendo uma preciosa bacia de aspecto desconhecido, acreditou, após muita meditação, adivinhar que sua forma destinava-a a ser apresentada sobre a mesa, e nela ofereceu aos olhares dos convivas um cozido trufado, não fazendo qualquer ligação entre ideias de limpeza e a porcelana dourada desse útil utensílio.

Hoje, nossos costumes modificaram de tal maneira o vestuário que não existe mais vestuário propriamente falando. Todas as famílias europeias adotaram a lã, pois os grandes senhores, tal como o povo, compreenderam instintivamente esta grande verdade: é muito melhor vestir lãs finas e ter cavalos do que encher uma roupa de pedrarias da Idade Média e da monarquia absoluta. Reduzida à toalete, a elegância consiste, portanto, em um extremo esmero nos detalhes do vestir: é menos a simplicidade do luxo do que um luxo de simplicidade. Existe certamente uma outra elegância; mas ela não passa da vaidade na toalete. Ela leva certas mulheres a vestir tecidos bizarros para se fazer notar, a se utilizar de broches com diamantes para prender um laço; a colocar uma argola brilhante num laço de fita; da mesma maneira, certos mártires da moda, pessoas com cem luíses de renda, que moram numa mansarda e que querem *ficar de acordo com a última moda*, usam pedrarias na camisa pela manhã, prendem suas calças com botões de ouro, penduram seus faustosos monóculos em correntes e vão almoçar no Tabar! Muitos desses Tântalos parisienses ignoram, talvez voluntariamente, o axioma a seguir!

XLV. *A toalete nunca deve ser um luxo.*

Muitas pessoas, até mesmo aquelas em que reconhecemos alguma distinção nas ideias, na instrução e na superioridade de sentimentos, dificilmente sabem distinguir o ponto limítrofe que separa a toalete a pé da toalete de carro!

Que prazer inefável, para o observador, para o entendido, encontrar pelas ruas de Paris, nos bulevares, essas mulheres de gênio que, após ter deixado a marca do nome, da classe, da fortuna, na sensação de sua toalete, não deixam que isso transpareça aos olhos do vulgo, e são todo um poema para os artistas, para as pessoas do mundo ocupadas em flanar! É todo um acordo perfeito entre a cor da roupa e os desenhos; é um acabamento nos adornos que revela a mão aplicada de uma hábil camareira. Essas elevadas potestades femininas sabem se conformar maravilhosamente bem ao humilde papel de pedestre, por terem experimentado muitas vezes as ousadias autorizadas por uma carruagem; pois apenas as pessoas habituadas ao luxo do coche sabem vestir-se para andarem a pé.

É a uma dessas deslumbrantes deusas parisienses que devemos as duas fórmulas seguintes:

XLVI. *A equipagem é um passaporte para tudo o que uma mulher quiser ousar.*

XLVII. *O pedestre sempre tem que lutar contra um preconceito.*

Donde se segue que o axioma seguinte deve, antes de tudo, regrar as toaletes dos prosaicos pedestres:

XLVIII. *Tudo aquilo que visa o efeito é de mau gosto, assim como o é tudo o que é tumultuoso.*

De resto, Brummell deixou a máxima mais admirável sobre essa matéria, e o assentimento da Inglaterra consagrou-a:

XLIX. *Se o povo olha para você com atenção é porque você não está bem arrumado: você está arrumado demais, empertigado demais ou esmerado demais.*

De acordo com essa imortal sentença, todo pedestre deve passar despercebido. Seu triunfo consiste em ser ao mesmo tempo vulgar e distinto, reconhecido pelos seus e confundido pela turba. Se Murat foi apelidado de "rei Franconi", julguem com que severidade o mundo persegue um fátuo! Ele cai no ridículo. O excesso de esmero é talvez um vício maior do que a falta de cuidado, e o axioma seguinte fará, sem dúvida, tremer todas as mulheres pretensiosas:

L. *Ir além da moda é converter-se em caricatura.*

Resta-nos, agora, destruir o mais grave de todos os erros que uma falsa experiência torna verossímil para os espíritos pouco acostumados a refletir ou a observar; mas daremos despoticamente e sem comentários nossa sentença soberana, deixando às mulheres de bom gosto e aos filósofos de salão a tarefa de discuti-la:

LI. *A roupa é como a cal ou a tinta que recobre uma parede; ela coloca tudo em relevo, e a toalete foi inventada muito mais para fazer ressaltar vantagens corporais do que para esconder imperfeições.*

Donde se segue este corolário natural:

LII. *Tudo o que uma toalete busca esconder, dissimular, aumentar e ampliar mais do que a natureza ou a moda ordena ou exige é considerado sempre vicioso.*

Assim, toda moda que tem por fim uma mentira é essencialmente passageira e de mau gosto.

De acordo com esses princípios, derivados de uma jurisprudência exata, baseados na observação e devidos ao cálculo mais severo do amor próprio masculino ou feminino, fica claro que uma mulher mal feita, deformada, corcunda ou manca, deve tentar, por polidez, diminuir os defeitos de seu corpo; mas ela seria menos que uma mulher se imaginasse produzir a menor ilusão. A Senhorita de la Vallière mancava com graça, e mais de uma corcunda consegue compensar esse defeito com os encantos do espírito ou com as deslumbrantes riquezas de um coração apaixonado. Não sabemos quando as mulheres compreenderão que um defeito lhes dá enormes vantagens!... O homem perfeito ou a mulher perfeita são os mais vazios dos seres.

Terminaremos essas reflexões, aplicáveis a todos os países, com um axioma que dispensa comentários:

LIII. *Um rasgão é uma desgraça; uma mancha é um vício.*

Outubro-novembro de 1830.

Notas

As notas não assinaladas com "N.T." (Nota do Tradutor) são do próprio Balzac.

[1] *Mens agitat molem* – Virgílio, Eneida, VI, 727, usualmente traduzido como "O espírito move a matéria" (N.T.).

[2] No original, *bottes à revers*, botas em que a extremidade superior do cano é dobrada para fora. Moda aparentemente importada da Inglaterra, por volta de 1779, seu uso tornou-se generalizado a partir da Revolução, mas estava já em desuso na época em que Balzac escreveu o *Tratado*. Indica, aqui, pessoas pouco elegantes e fora da moda (N.T.).

[3] Um dos três internatos (*Maisons impériales*) criados, por decreto de Napoleão Bonaparte, em 1805, para a educação das filhas de militares agraciados com a Legião de Honra, o de Saint-Denis (cidade situada na região de Île-de-France, ao norte de Paris), só foi efetivamente estabelecido, entretanto, em 1809. Marie-Christine Natta, em sua edição do *Tratado* (ver observação ao final destas notas), dá a Senhora Jeanne Louise Henriette Campan (1752-1822) como sendo a criadora e diretora do internato de Saint-Denis. Seu papel, entretanto, foi apenas o de diretora, não do estabelecimento de Saint-Denis, mas de um dos outros três, o situado em Écouen (cf. June K. Burton, *Napoleon and the Woman Question*, Texas Tech University Press, 2007, e Rebecca Rogers, *From the Salon to the Schoolroom. Educating Bourgeois Girls in Nineteenth-Century France*, Penn State University Press, 2005) (N.T.).

[4] No original, *dolente*. A palavra existe em francês com a mesma grafia e o mesmo significado, mas Balzac, ao grafá-la em itálico, parece remeter à palavra italiana, numa alusão a uma passagem de *A divina comédia* ("Inferno", III, 1), "*Per me si va ne la città dolente, / Per me se va ne l'etterno dolore, / per me si va tra la perduta gente*", em que *cittá dolente* designa, obviamente, o inferno (N.T.).

[5] Presumivelmente, veículos com estribos prolongados, salientes, e destinados a outras finalidades que não a de servir de apoio para a entrada de passageiros (utilizados, por exemplo, também pelos condutores ou como apoio temporário de bagagens), eram indicativos do baixo *status* de seus proprietários (N.T.).

[6] Tecido antes considerado luxuoso, estava já fora de moda na época em que Balzac escreveu o *Tratado* (N.T.).

[7] Isto é, "com o porteiro". Na época, ocupação exercida predominantemente por pessoas dessa nacionalidade (N.T.).

[8] O valete é uma espécie de bagagem essencial à vida elegante.

[9] No original, *talons rouges*. Calçar sapatos de salto vermelho era marca de nobreza e distinção na França dos séculos XVII e XVIII (N.T.).

[10] Refere-se às particulas indicadoras de nobreza nos nomes próprios, tal como a preposição "de", por exemplo (N.T.).

[11] No original, "*se rebaronifia, se recomtifia, s'enrubanisa*", isto é, instituíram-se novos barões, novos condes, novos galões.

[12] No original, *plumes de coq*, alusão às vistosas plumas que adornavam os chapéus de certos líderes da Revolução Francesa (N.T.).

[13] No original, *péquins*, termo de gíria militar, com o qual, durante o regime de Napoleão, eram pejorativamente designados os burgueses (N.T.).

[14] Câmara dos Deputados francesa, no período 1824-1830, que outorgara a si própria um mandato de 7 anos, modificando a duração de 5 anos, então vigente (N.T.).

[15] Catarina (1519-1589) e Maria de Médicis (1575-1642), mulheres, respectivamente, de Henrique II e de Henrique IV.

[16] Refere-se a Ana Maria Maurícia, Ana da Áustria (1601-1666), mulher de Luís XIII, e a Maria Teresa da Espanha (1638-1683), também conhecida como Maria Teresa da Áustria, mulher de Luís XIV (N.T.).

[17] "Cidadão romano", *status* de direito pleno na sociedade romana, implicando certos privilégios, tais como não ser condenado sem o devido processo, não ser flagelado, não ser escravizado, entre outros. "*Civis romanus sum*", "Sou um cidadão romano", era a expressão orgulhosa proferida diante de alguma ameaça a esses privilégios.

[18] "*Gentilhomme*" queria dizer homem da nação: *gentis homo**. [*Grafia errônea de Balzac. Na verdade, *gentilis homo*, homem nobre. (N.T.).]

[19] Essa expressão metafísica do último progresso feito pelo homem pode ser útil para explicar a estrutura da sociedade e para encontrar as razões dos fenômenos proporcionados pelas exigências individuais. Portanto, como a *vida ocupada* nunca é senão *uma exploração da matéria pelo homem* ou *uma exploração do homem pelo homem*, enquanto a *vida de artista* e *a vida elegante* supõem sempre uma *exploração do homem pelo pensamento*, é fácil, aplicando essas fórmulas ao maior ou ao menor grau de inteligência desenvolvido nos trabalhos humanos, explicar-se a diferença das fortunas. Com efeito, em política, em finanças, assim como em mecânica, o resultado é sempre proporcional à capacidade dos meios, C. Q. D. [como se queria demonstrar]. Esse sistema nos tornará um dia todos milionários?... Não pensamos assim. Apesar do sucesso do Sr. Jacotot, é um erro acreditar que as inteligências sejam iguais: não podem sê-lo a não ser por uma similitude de força, de exercício ou de perfeição, impossível de ser encontrada nos órgãos: pois, sobretudo entre os homens civilizados, seria difícil reunir duas estruturas homogêneas. O que é uma grande prova de que Sterne tinha talvez razão em colocar a *arte de dar à luz* à frente de todas as ciências e filosofias. Portanto, os homens continuarão, uns, pobres, outros, ricos: entretanto, como as inteligências superiores estão numa via de progresso, o bem-estar da massa aumentará, como o demonstra a história da civilização, desde o século XVI, momento em que o pensamento triunfou, na Europa, pela influência de Bacon, de Descartes e de Bayle.

[20] No original, *baigneur millionaire*. Marie-Christine Natta, em sua edição do Tratado (ver observação ao final destas notas), anota o

significado de *baigneur* como *garçon de bains*, isto é, o jovem que se encarrega dos serviços numa casa de banhos. É mais provável, entretanto, dado o contexto, que se refira a um dos outros dois significados da palavra (além do significado óbvio de "banhista"), o de proprietário de uma casa de banhos públicos (*Le Grand Robert*) ou o de proprietário de uma casa de "banhos e de prazeres para os homens de bom tom" (*Littré*) (N.T.).

[21] Valor mínimo dos impostos pagos por um cidadão francês, durante o período da Restauração monárquica (1814-1830), para que tivesse o direito de votar.

[22] *Groom*: jovem lacaio de cavalariça; tigre: o mesmo que *groom*, palavra usada pelos que se tinham como "elegantes"; *britschka*: espécie de carruagem pequena e confortável. *Cabriolet à pompe*: o *cabriolet* era uma carruagem pequena, leve e rápida, de duas rodas, e movida por apenas um cavalo; o *cabriolet à pompe* era movido por dois cavalos (N.T.).

[23] Segundo Marie-Christine Natta, em sua edição do *Tratado da vida elegante* (ver observação após estas notas), citando, por sua vez, nota de Rose Fortassier na edição *La Pléiade* das obras de Balzac, trata-se de uma indelicadeza cometida pelo Conde de Corbière (1766-1853), Ministro do Interior, em 1821, de Luís XVIII: "Num dia em que trabalhava com o rei, enquanto submetia à sua aprovação um plano de grande importância, ele colocou sem preocupação a tabaqueira em cima da mesa e logo acabou colocando também o lenço. – Mas, Senhor Corbière, disse-lhe o rei, sorrindo, o senhor está esvaziando os bolsos. – Para um Ministro, Majestade, melhor isso que enchê-los, respondeu ele, não sem se apressar em retirar o lenço e a tabaqueira" (Alexandrine Bawer, *Mes souvenirs*, 1853) (N.T.).

[24] A elegância refere-se, aqui, à roupa.

[25] Quando George IV via um militar cuidadosamente arrumado, dificilmente deixava de distingui-lo e promovê-lo. Da mesma maneira, acolhia muito mal as pessoas sem elegância.

[26] Como o conhecimento das leis mais vulgares da polidez é um dos elementos de nossa ciência, aproveitamos a ocasião para prestar uma

homenagem pública ao Senhor Abade Gaultier, cuja obra sobre a polidez deve ser considerada como a mais completa nessa matéria e como um admirável tratado de moral.

[27]. Espécie de pequeno castiçal, considerado fora de moda na época em que Balzac escreveu o *Tratado* (N.T.).

[28] Essas expressões ("representar perfeitamente", "representar") não têm outra origem.

[29] Refere-se aos veteranos de guerra que costumavam ir passear ao sol nos jardins do Luxemburgo (N.T.).

[30] *Si magna licet componere parvis*: "se for permitido comparar as coisas grandes com as pequenas", Virgílio, *Geórgicas*, IV, 176, em que a frase, entretanto, aparece como *si parva licet componere magnis:* "se for permitido comparar as coisas pequenas com as grandes" (N.T.).

[31] O traje de Bassompierre, que mencionamos por causa da vulgaridade do fato, custava cem mil escudos na moeda atual. Hoje, o homem mais elegante não gasta quinze mil francos com sua indumentária, e renova seus trajes a cada estação. A diferença do capital empregado constitui as diferenças de luxo que não invalidam esta observação; ela aplica-se à indumentária das mulheres e a todas as partes de nossa ciência.

[32] Pose que, na época, presumia um certo charme (N.T.).

[33] Graça concomitante: que o homem recebe enquanto age. Opõe-se à graça suficiente e à graça essencial, anteriormente mencionadas (N.T.).

[34] Corte de cabelo à maneira de Tito: cabelos curtos, cortados no mesmo comprimento na frente e atrás. Assim chamado por imitar o corte de cabelo encontrado nos bustos e estátuas do imperador Tito (N.T.).

[35] No original, *aumônières*: segundo o Littré, bolsa que se carregava na cintura (N.T.).

[36] Na sequência, Balzac lista diversos grupos sociais, políticos, religiosos e suas marcas e sinais distintivos. *Guises* – alusão à Casa dos Guises, família católica de nobres franceses, envolvida nas guerras religiosas

francesas (1562-1598), entre católicos e protestantes. Liga – possivelmente a Liga Católica (conhecida também como a Santa Liga ou a Santa União), organização política católica criada em 1576. *Fronde* – nome dado a um período de guerra civil na França, 1648-1653, e também aos grupos de revoltosos nela envolvidos. Distinguem-se duas fases, envolvendo dois diferentes grupos: a Fronde Parlamentar (1648-1653), em defesa dos direitos do Parlamento, contra arbitrariedades reais; e a Fronde dos Nobres (1650-1653), em defesa dos direitos ameaçados da nobreza. *Berneses* – em francês, *Béarnais*. Alusão aos partidários dos protestantes de Béarn, região do sudoeste da França, no contexto das guerras religiosas francesas (1562-1598). *Gorro verde* – possível alusão ao gorro, de cor verde, que, desde a Idade Média, eram obrigados a usar, por lei, os devedores de empréstimos que cediam "voluntariamente" seus bens aos credores, para se verem livres de sua importunação. *Disco amarelo*: círculo de tecido dessa cor que os judeus deviam carregar num lugar visível da roupa. *Mãos brancas* – refere-se, provavelmente, às luvas brancas usadas pela nobreza. *Cruz de Santo André*: cruz em forma de X, na qual, supostamente, André, o primeiro apóstolo, teria sido crucificado. Também conhecida como "cruz de Borgonha", por ter sido adotada como insígnia, por Jean I ou Jean Sans Peur, Duque de Borgonha (1371-1419), no início do século XV, por ocasião da guerra entre Borgonha e Armanhaque. Seus partidários levavam-na ao pescoço, enquanto os partidários do Conde de Armanhaque carregavam a cruz tradicional, em cor branca. *Insígnia tricolor* – em francês, *cocarde tricolore*, símbolo da França, em forma de três círculos concêntricos, nas cores vermelho, branco e azul (N.T.).

[37] Vestignomia: palavra forjada por Balzac a partir de fisiognomia (*physignomonie*, em francês): arte de conhecer o caráter do indivíduo a partir de suas feições (N.T.).

[38] Fisiologista – o que escreve "fisiologias", gênero literário, florescente no tempo de Balzac, dedicado à descrição detalhada de tipos humanos, de ocupações, de situações, e até mesmo de cidades, como Paris, por exemplo. Ver Walter Benjamin, *Charles Baudelaire. Um lírico no auge do capitalismo*. In *Obras escolhidas III*. São

Paulo: Brasiliense, 1994, 3ª ed., trad. José Carlos Martins Barbosa e Hemerson Alves Baptista, p. 33-34. O próprio Balzac escreveu algumas, como *A fisiologia do casamento, A fisiologia do empregado, A fisiologia do rentista* (N.T.).

[Algumas das notas não teriam sido possíveis sem as valiosas indicações de Marie-Christine Natta, em sua edição do *Traité de la vie élégante*, Pressses Universitaires Blaise Pascal, 2000.]

Índice onomástico

Auger – Louis-Simon Auger (1772-1829), jornalista e dramaturgo, amigo de juventude de Balzac, escreveu uma *Fisiologia do teatro*.

Barrière – Jean-François Barrière (1786-1868), historiador. A obra aludida por Balzac é *Tableaux de genre et d'histoire, peints par différents maîtres* (1828), na qual o autor transcreve uma suposta conversa da Duquesa de Tallard em que ela relata ter deixado completamente sem dinheiro, numa mesa de jogo de cartas de que participavam também duas outras damas, o banqueiro Samuel Bernard, Conde de Coubert (1725-1739), conhecido financiador dos reis Luís XIV e Luís XV.

Bassompierre – François de Bassompierre (1579-1646), cortesão francês.

Bayle – Pierre Bayle (1647-1706), filósofo e escritor francês.

Benvenuto Cellini – (1500-1571), escultor e ourives florentino.

Bolonha – não a cidade italiana, mas provavelmente Boulogne-sur-Mer, cidade situada no norte da França, ao sul de Calais, cidade portuária francesa em que Brummell havia se refugiado para fugir aos credores. Aparentemente, no relato de sua fictícia visita a Brummell, Balzac enganou-se de cidade.

Boucherat, rua – antigo nome de trecho da atual rua de Turenne, situada no quartier du Marais, nos 3º e 4º *arrondissements* de Paris.

Brummell – George Bryan Brummell (1778-1840, Inglaterra), considerado o protótipo do dândi. É o objeto de um ensaio de Barbey d'Aurevilly, incluído na presente antologia.

Charles Dupin – Pierre Charles François Dupin (1784-1873), matemático francês. A referência de Balzac é a um mapa da França em que Dupin utilizou gradações de cinza para mostrar visualmente as taxas de analfabetismo nas diferentes áreas do país.

Charles Nodier – (1780-1844), escritor e historiador.

Chateaubriand, Visconde de – François René Chateaubriand (1768-1848), escritor romântico francês.

Chaulnes, Senhora de – Marie Paule Angélique d'Albert de Luynes, Duquesa de Chaulnes (1744-1781).

Cherbourg – cidade portuária do norte da França, de onde partiu, em 1830, para o exílio na Inglaterra, Charles X (1757-1836), cujo reinado se estendeu de 1824 a 1830.

Chodruc – Émile Chodruc-Duclos (1780-1842), conspirador realista que, após ter matado em duelo um marquês, adota um estilo despojado de vida e vive praticamente como um vagabundo de rua. Conhecido como o "homens das longas barbas", e também como o "Diógenes moderno", por suas declarações de desprezo pelo gênero humano e pelos bens materiais.

Constantin – Constantin Abraham (1785-1855), pintor de reproduções sobre porcelana, nascido na Suíça.

Conyngham, Marquesa de – Elizabeth Denison Conyngham, Marquesa de Conyngham (1769-1861), mulher de Henry Conyngham, Marquês de Conyngham (1766-1832), e uma das amantes do rei da Grã-Bretanha, George IV, antigo protetor de George Brummell.

Cousin – Victor Cousin (1792-1867), professor de filosofia na Escola Normal Superior. O livro mencionado por Balzac, *Curso de história da filosofia*, foi publicado em 1828.

Cuvier – Georges Cuvier (1769-1832), naturalista francês. Fundador da anatomia funcional, que argumenta que os organismos vivos constituem um todo integrado de formas e funções, permitindo que se extraiam conclusões a respeito de uma parte pelo estudo de outras.

David – David d'Angers (1788-1856), escultor.

Dessein – também grafado "Dessin"; possivelmente, proprietário do Hôtel d'Angleterre, na cidade de Calais, França, na época em que George Brummell ali viveu.

E. de G. – Émile de Girardin (1806-1881), político, fundador do jornal *La Presse* e da revista *La Mode*, na qual Balzac publicou, entre outros escritos, o *Tratado da vida elegante*.

Egmont, Condessa de – Septimanie de Richelieu, Condessa de Egmont Pignatelli (1740-1773).

Eugène Sue – Joseph Marie Eugène Sue (1804-1857), romancista francês. Célebre pela série *Os mistérios de Paris*.

Fornarina – *La fornarina*, pintura de Rafael, retratando uma jovem.

Franconi, rei – nome artístico de Adolphe Franconi (1801-1855), célebre artista circense da época, especializado em acrobacias equestres.

Fumade – inventor de um tipo de isqueiro, considerado inovador na época.

Gall – Franz Joseph Gall (1758-1828); desenvolveu um método para deduzir características da personalidade a partir do estudo da forma do crânio.

Gaultier, abade – Louis Édouard Camille Gaultier (1746-1818), escritor e pedagogo de nacionalidade francesa, nascido na Itália.

O livro referido por Balzac é *Jeu des fautes que les enfans et les jeunes gens commettent le plus ordinairement contre la bonne éducation et contre la politesse* (1796).

Jacotot – Jean-Joseph Jacotot (1770-1840), pedagogo francês. Seu pensamento foi analisado por Jacques Rancière no livro *O mestre ignorante* (publicado no Brasil pela Autêntica Editora, trad. Lilian do Valle). O livro *Telêmaco*, de Fénelon, estava na base de seu método de ensino de línguas estrangeiras.

Jacques Bonhomme – alcunha com que, na revolta conhecida como "Jacquerie" (1358), os nobres se referiam aos camponeses, tendo sido adotada pelos próprios camponeses em revoltas subsequentes.

Jean Sans Peur – Jean I, Duque de Borgonha (1371-1419).

Joly de Fleury – Jean-François Joly de Fleury (1718-1802), estadista francês. Sucedeu a Jacques Necker como Administrador Geral das Finanças de Luís XVI.

Lavater – Johann Kaspar Lavater (1741-1801). Considerado, juntamente com Gall, um dos fundadores da fisiognomonia, a arte de decifrar a personalidade por meio dos traços fisionômicos.

Lemare – Pierre-Alexandre Lemare (1766-1835), gramático, político e inventor.

Matthieu Laensberg – astrólogo que viveu no século XVII e publicava anualmente o *Almanaque de Liège*, com predições sobre domínios variados, tendo o primeiro aparecido em 1634.

Montgomery – alusão ao provérbio "*Partage de Montgommeri, tout d'un côté et rien de l'autre*" [Partilha de Montgommeri, tudo para uma das partes, nada para a outra].

Murat – Joachim Murat (1767-1815), marechal do exército francês, sob Napoleão. O apelido de "rei Franconi" a que alude Balzac devia-se às roupas extravagantes que usava.

Oudet – coronel retratado em *Souvenirs de la révolution et de l'empire* e em *Histoires des Sociétés Secrètes...*, de Charles Nodier. [Maynal]

Oudet (1772-1809) teria pertencido à sociedade secreta denominada os "*Philadelphes*", constituída de militares realistas e jacobinos que conspiravam contra o regime de Napoleão Bonaparte. Embora Oudet tenha realmente existido, é provável que grande parte do relato de Nodier seja produto da fantasia, incluindo a existência da mencionada sociedade secreta.

Peel – Robert Peel (1788-1850), político inglês, foi Primeiro Ministro da Inglaterra em 1834-1835.

Pierrefonds – localidade situada ao norte de Paris, conhecida pelo castelo de mesmo nome.

Popocambou – personagem fictício do livro de Charles Nodier, *Histoire du Roi de Bohême et de ses sept châteaux* (1830).

Portal – possivelmente Antoine Portal (1742-1832), médico e anatomista. Foi médico de Luís XVIII e fundador e primeiro presidente da Academia Nacional de Ciências. A alusão à sua "decrépita" carruagem deve-se, possivelmente, ao presumível modo de vida modesto que levava.

Ravez, Conde – Auguste Simon Ravez (1770-1849), advogado e político francês, foi Subsecretário de Estado e membro da Câmara de Deputados.

Saint-Simon - Claude-Henri de Rouvroy, Conde de Saint-Simon (1760-1825), filósofo e economista, um dos fundadores do socialismo utópico. A obra mencionada por Balzac, *O organizador*, foi publicado em 1819.

Salente, Constituição de – ver "Telêmaco".

Savonnerie – Refere-se à primeira manufatura real de tapetes, estabelecida por Henri IV, em 1604.

Sheridan – Richard Brinsley Butler Sheridan (1751-1816), dramaturgo e político britânico. Foi membro do parlamento britânico (1780-1812). Na passagem em que Balzac aproxima Sheridan de Brummell, a alusão é ao conhecido alcoolismo do dramaturgo inglês.

Sterne – Lawrence Sterne (1713-1768), escritor irlandês, conhecido, sobretudo, pelo romance *The Life and Opinions of Tristam Shandy, Gentleman*.

T.-P. Smith – segundo Marie-Christine Natta, citando R. Fortassier, trata-se, na verdade, do economista britânico Adam Smith. A frase citada por Balzac seria uma paráfrase da ideia, desenvolvida por Smith, de que o trabalho intelectual e industrial é tão rentável quanto o trabalho da terra.

Tabar – restaurante parisiense do século XIX, conhecido por seus preços acessíveis. Um viajante inglês, Henry Matthews (*The Diary of an Invalid*) anotou, em 1817, um cartaz do restaurante que oferecia por um bom preço: "Almoço, sopa, três pratos muitos fortes, meia garrafa de vinho, pão à vontade, uma boa sobremesa ou uma pequena taça de conhaque. Serviço com finas toalhas, prataria, porcelana, etc.".

Tallard, Duquesa de – Marie-Isabelle-Angélique-Gabrielle de Rohan, Duquesa de Tallard (1699-1754), foi governanta dos filhos de Luís XV (1735-1754).

Talleyrand – Charles Maurice de Talleyrand Périgord (1754-1838), político e diplomata francês.

Telêmaco – Filho de Ulisses, na *Odisséia*. Balzac refere-se ao livro de François Fénelon (1651-1715), *As aventuras de Telêmaco*, em que se apresenta uma república imaginária ideal, Salente.

Vallière – Françoise Louise de la Baume le Blanc (1644-1710), Duquesa de la Vallière, conhecida por ter sido uma das amantes de Luís XIV.

O dandismo e George Brummell

Barbey d'Aurevilly

Dedicatória [edição de 1845]

Ao Sr. César Daly

Diretor da *Revue de l'Architecture*

Enquanto você viaja, meu caro Daly, e os amigos que o conservam na lembrança não sabem onde localizá-lo, eis aqui alguma coisa (não ouso dizer "um livro") que estará à sua espera na entrada de casa. Trata-se da estatueta de um homem que não merece ser representado de outra maneira: curiosidade de costumes e de história, própria para ser guardada na estante de seu gabinete de trabalho.

Brummell não pertence à história política da Inglaterra. Esteve-lhe próximo, por suas ligações, mas não fez parte dela. O seu lugar é numa história mais elevada, mais geral e mais difícil de ser escrita: a história dos costumes ingleses. Pois a história política não contém todas as tendências sociais e todas devem ser estudadas. Brummell foi a expressão de uma dessas tendências: do contrário sua ação seria inexplicável. Descrevê-la, aprofundá-la, mostrar que essa influência era apenas superficial poderia ser o tema de um livro que Beyle (Stendhal) esqueceu de escrever e que teria tentado Montesquieu.

Infelizmente, não sou nem Montesquieu nem Beyle, nem águia nem lince; esforcei-me, entretanto, por ver claro naquilo que muita gente, sem dúvida, não se dignou explicar. Aquilo que vi, ofereço-lhe, meu caro Daly. A você, que percebe a graça como o faz uma mulher e um artista, e que, como pensador, se dá conta de seu império, agrada-me dedicar-lhe este estudo sobre um homem que deveu sua celebridade à elegância. Se fosse sobre um homem célebre pela inteligência, eu também o teria, de bom grado, dedicado a você, em virtude da riqueza de suas capacidades.

Aceite isto, pois, como um sinal de amizade e uma lembrança de dias mais felizes que os de hoje, nos quais eu o via mais frequentemente.

Sinceramente seu,

J.-A. Barbey d'Aurevilly.
Passy, villa Beauséjour,
19 de setembro de 1844.

Dedicatória [edição de 1861]

Há dezessete anos eu lhe escrevia:

[segue-se o texto da dedicatória de 1845]

E veja só, meu amigo, essa dedicatória feita há *dezessete anos*, eu não a mudaria, hoje, em uma única palavra, e é a primeira vez que dezessete anos não terão mudado em nada alguma coisa!

Que ela continue toda inteira aqui, tal como a amizade da qual foi a expressão e que continuou imutável em nós, sem lacunas e sem turbações! Não fui nunca tão feliz a não ser com você, inabalável coluna em meio a minhas ruínas! Dezessete anos! Você sabe como aquele infeliz Tácito, sempre insuportável porque está sempre certo, chama esse longo espaço de dias, sobre o qual teria sido talvez melhor se calar se, na tristeza de ter vivido, eu não tivesse ao menos esta alegria, meu caro Daly, de poder dizer que sou, para você, exatamente o mesmo que era há tantos anos e, já que tudo é fatuidade neste livro, de me *vangloriar* de meus sentimentos imortais.

Paris, 29 de setembro de 1861.

Prefácio [segunda edição]

Este livro mal conseguiu chegar a esta segunda edição. Há alguns anos, numa tiragem pequena, foi distribuído, de mão em mão, a uns poucos, e esse tipo de publicidade íntima e misteriosa trouxe-lhe sorte. A grande publicidade que arriscamos hoje fazer lhe será tão favorável?... O renome, essa coisa tênue, é como as mulheres: chega quando estamos prestes a ir embora. Neste estranho mundo, talvez a melhor maneira de *fazer sucesso* consista em organizar indiscrições.

Mas o autor não tinha tanta profundidade quando publicou esta bagatela. Naquela época ele se preocupava muito pouco com coisas e rumores literários. Ah, sim, certamente, tinha outras toaletes a fazer que não a do pensamento, e outras preocupações que não a de ser lido! Das preocupações daquela época, de resto, hoje ele muito se ri, pois assim é a vida. Não reside ela nessa troca, sempre recomeçada, de uma preocupação por uma risada?... O autor do presente livro não era um dândi (e a sua leitura mostrará suficientemente o porquê), mas encontrava-se nessa fase da juventude que fazia Lorde Byron dizer, com sua melancólica ironia: "Quando eu era um *beau*[1] de cabelos encaracolados..." e, naquele tempo, a própria glória não valia um único desses caracóis! Ele escreveu, pois, sem pretensões de autor – calma!, na verdade, tinha outras, o diabo não ficava sem o que lhe era devido –, este diminuto livro, unicamente para agradar a si mesmo e a outras trinta pessoas, esses amigos desconhecidos, dos quais não se está muito seguro, e os quais quase não pode, sem fatuidade, vangloriar-se de ter em Paris. Como fatuidade não era o que lhe faltava, acreditou tê-los e de fato os teve. Que lhe seja permitido dizer, pois se tornou modesto, que teve sua trintena de leitores para sua trintena de exemplares. Não foi a Batalha, mas a Simpatia dos Trinta[2]!

Se o livro em questão tivesse sido sobre alguma grande coisa ou algum grande homem, sem dúvida nenhuma teria irremediavelmente afundado, com seus parcos exemplares, nesse silêncio da desatenção que o pequeno deve – e sempre paga – ao que é grande, mas era sobre um homem frívolo e que tinha passado por ser o tipo mais acabado da frivolidade elegante, numa sociedade difícil. Ora, todo mundo, *no mundo*, pretende-se ou deseja ser elegante... Até mesmo os que renunciaram ao mundo desejam ao menos manterem-se informados sobre ele, e aí está a razão pela qual o livro foi lido. Certos idiotas, que não nomearei, vangloriaram-se de tê-lo compreendido. Quanto a mim, asseguro ao meu editor que irão comprá-lo. Fatuidade em toda parte! A fatuidade, que produziu o primeiro sucesso, produzirá o segundo desta coisinha de nada em cuja primeira página tentou-se escrever esta impertinência: "De um fátuo, por um fátuo, para fátuos"; pois todo fátuo mira-se nos fátuos, e este aqui é um espelho para eles. Muitos virão aqui para se olharem e alisarem o bigode: uns para nele se reconhecerem, outros, para se tornarem... Brummells!

É verdade que será inútil. É impossível tornar-se Brummell. Ou se é ou não. Soberano fútil de um mundo fútil, Brummell tem seu direito divino e sua razão de ser, tal como os outros reis. Entretanto, já que se fez com que esses povos de basbaques acreditassem, nesses últimos tempos, que eram soberanos, por que a gentalha de salão não teria as suas ilusões, tal como as têm a gentalha da rua?

E sobretudo porque este pequeno livro os livrará delas. Essas pessoas verão que Brummell era uma individualidade das mais raras, que se deu unicamente *o trabalho de nascer*, mas que, para se desenvolver, precisava ainda a vantagem de uma sociedade muito aristocraticamente complicada. Elas verão as coisas que são necessárias para que alguém seja Brummell e que... elas não têm. O autor deste livro tentou fazer um sumário dessas coisas: insignificâncias onipotentes pelas quais não se governa senão mulheres; mas ele sabia perfeitamente, enquanto o escrevia, que seu livro não era um livro de conselhos e que os maquiavéis da elegância seriam ainda mais tolos que os maquiavéis da política... que já o são o bastante! Ele sabia, enfim, que não havia aí mais que um fiapo de história, um fragmento arqueológico, apropriado para ser colocado, como uma curiosidade, sobre o toucador dourado dos fátuos do futuro – se eles o tiverem; pois o Progresso que, com sua economia política e sua divisão territorial, está prestes a fazer da raça humana uma raça de miseráveis, não destruirá os fátuos, mas poderá certamente suprimir seus toucadores à moda de d'Orsay, por serem *pouco igualitários* e escandalosos.

Em todo o caso, aqui está o livro, tal como foi escrito. Nada foi modificado, nada suprimido. Foram introduzidas, entretanto, aqui e ali, uma ou duas notas. A gravidade de sua época, que tem feito com que ele frequentemente se ria, não atingiu suficientemente o autor para que talvez visse este pequeno livro, com seu tom leve (ele assim o quis, não está desgostoso!), como uma travessura da juventude e como algo pelo qual ele devesse hoje se desculpar. Não, isso não! Ele seria inclusive bem capaz, se o obrigassem, de sustentar, diante daqueles de mais alto coturno dentre suas excelências, os Graves, que seu livro é tão sério quanto qualquer outro livro de história. Com efeito, que se vê aqui, à luz desta pequena obra?... O homem e a sua vaidade, o refinamento social e influências bastante reais, ainda que incompreensíveis unicamente pela Razão, esta grande tola, mas tanto mais atraentes quanto mais difíceis de serem compreendidas e penetradas. Ora, o que existe de mais grave do que tudo isso, mesmo do ponto de vista superior daqueles que são mais desapegados e distanciados do mundo, de *suas pompas* e de *suas obras*, e que mais têm desprezado o nada que ele é?... Perguntem a eles! Não se equivalem, a seus olhos, todas as vaidades, qualquer que seja o nome que elas tenham e quaisquer que sejam as suas afetações? Se o dandismo tivesse existido em sua época, Pascal, que foi um dândi como é possível sê-lo na França, teria, portanto, sido capaz de escrever a sua história, antes de entrar em Port-Royal: Pascal, o homem da carruagem movida por seis cavalos! E Rancé, um outro tigre de austeridade, antes de se enfiar nas selvas de sua Trapa, nos teria talvez traduzido o capitão Jesse[3] em vez de nos traduzir Anacreonte; pois Rancé também foi um dândi – um dândi-padre, que é muito mais poderoso que um dândi matemático, e vocês verão a influência do dandismo! Dom Gervásio, um religioso grave, que escreveu a vida de Rancé, nos deixou uma encantadora descrição de seus maravilhosos trajes, como se tivesse querido nos descrever o valor de uma tentação à qual se resiste, ao nos descrever o atroz desejo de vesti-los!

O que não quer dizer, de resto, que o presente autor de *O dandismo* se creia, de alguma maneira, Pascal ou Rancé. Jamais foi e jamais será jansenista, e não é trapista... ainda!

É mais difícil agradar às pessoas de sangue-frio do que ser amado por algumas almas ardentes.

(*Tratado da princesa*[4], obra inédita do autor)

I

Os sentimentos têm seu destino. Existe um contra o qual todo mundo é implacável: a vaidade. Os moralistas recriminaram-na em seus livros, inclusive aqueles que melhor mostraram o importante lugar que ela tem em nossas almas. As pessoas comuns, que também são moralistas à sua maneira, pois vinte vezes por dia têm que julgar a vida, têm repetido a sentença dada pelos livros contra esse sentimento, o último de todos, a lhes darmos ouvido.

É possível censurar as coisas, tal como se faz com os homens. É verdade que a vaidade é o último sentimento na hierarquia dos sentimentos de nossa alma? E se ela é o último, se tem sua função, por que desprezá-la?...

Mas é mesmo o último? O que determina o valor dos sentimentos é a sua importância social; o quê, pois, na ordem dos sentimentos, pode ter maior utilidade para a sociedade do que essa busca inquieta da aprovação dos outros; do que essa inextinguível sede de aplausos da galeria que, nas grandes coisas, se chama *amor da glória* e, nas pequenas, *vaidade*? Será o amor, a amizade, o orgulho? O amor em suas mil nuances e seus numerosos derivados, a amizade, e o próprio orgulho provêm de uma preferência por um outro, ou por vários outros, ou por si mesmo, e essa preferência é exclusiva. A vaidade, por sua vez, tudo abrange. Se ela prefere às vezes certas aprovações, faz parte de sua natureza e constitui sua honra sofrer quando uma única lhe é recusada; perde o sono por causa dessa rosa subtraída. O amor diz ao ser amado: tu és meu universo; a amizade: tu me bastas, e muito frequentemente: tu me consolas. Quanto ao orgulho, este é silencioso. Um homem de espírito brilhante dizia: "É um rei solitário, ocioso e cego; o diadema cobre-lhe os olhos.". A vaidade tem um universo menos estreito que o do amor; o que basta à amizade não é o bastante para ela. É uma rainha, assim o orgulho é rei; mas ela está rodeada, ocupada, clarividente, e seu diadema está colocado ali onde a torna mais bela.

Era preciso dizer isso antes de falar sobre o dandismo, fruto dessa vaidade que se difamou demasiadamente, e do grande vaidoso George Brummell.

II

Quando a vaidade é satisfeita e o demonstra, torna-se fatuidade. É o nome bastante impertinente que os de hipócrita modéstia – isto é, todo mundo – inventaram por medo dos sentimentos verdadeiros. Assim, seria um erro acreditar, como talvez se acredite, que a fatuidade é exclusivamente a vaidade mostrada em nossas relações com as mulheres. Não, há fátuos de todo tipo: de nascença, de fortuna, de ambição, de ciência; Tufière é um deles, Turcaret, outro; mas como, na França, as mulheres importam muito, deu-se o nome de "fatuidade" sobretudo à vaidade daqueles que as agradam e que se acreditam irresistíveis. Mas essa fatuidade, comum a todos os povos nos quais a mulher é alguma coisa, não é da espécie que, sob o nome de *dandismo*, busca, há algum tempo, aclimatar-se em Paris. Uma é a forma da vaidade humana, universal; a outra, de uma vaidade particular e muito particular: da vaidade inglesa. Como tudo o que é universal, humano, tem seu nome na língua de Voltaire, somos obrigados a supri-la com aquilo que não o é, e é por isso que a palavra *dandismo* não é francesa.

Tal como a coisa que exprime, ela continuará sendo estrangeira. Podemos, como o camaleão, refletir todas as cores, mas ele não pode refletir o branco, e o branco constitui precisamente, para os povos, a força de sua originalidade. Ainda que possuíssemos em grau ainda mais alto a capacidade de assimilação que nos distingue, este dom de Deus não dominaria esse outro dom, essa outra potência – o poder de ser quem se é – que constitui o cerne da pessoa, a essência de um povo. Foi então a força da originalidade inglesa, imprimindo-se sobre a vaidade humana – *essa vaidade profundamente arraigada até no coração dos ajudantes de cozinha* e contra a qual o desprezo de Pascal não passava de uma cega insolência – que produziu isso que se chama dandismo. Não é possível dividi-lo com a Inglaterra. É algo profundo como o seu próprio gênio. Imitação não é semelhança. Pode-se assumir um certo ar ou uma certa pose, assim como se rouba o talhe de um fraque; mas a comédia torna-se cansativa: uma máscara é cruel, difícil de ser carregada, até mesmo para as pessoas a caráter que seriam os Fiesques do dandismo e com ainda mais razão, não é preciso dizê-lo, para os nossos amáveis jovens. O tédio que respiram e inspiram não lhes propicia mais do que um falso reflexo de dandismo. Ainda que assumam, se assim quiserem, um ar de enfado, e usem luvas brancas até os cotovelos, o país de Richelieu não produzirá nenhum Brummell.

III

Esses dois fátuos célebres podem se assemelhar pela vaidade humana, universal; mas diferem sob o aspecto de toda a fisiologia de uma raça, de todo o gênio de uma sociedade. Um pertencia a essa raça nervo-sanguínea da França, que vai até os últimos limites na fulguração de seus impulsos; o outro descendia desses homens do Norte, linfáticos e pálidos; frios como o mar de que são filhos, mas irascíveis como ele, e que gostam de aquecer seu sangue gelado com a chama dos alcoóis (*high-spirits*). Embora de temperamentos opostos, tinham ambos uma enorme vaidade e naturalmente a consideravam como o móvel de suas ações. Nesse sentido, desafiam, da mesma maneira, a reprovação dos moralistas que condenam a vaidade em vez de classificá-la e absolvê-la. É o caso de se admirar quando se pensa no sentimento em questão, esmagado há mil e oitocentos anos sob a ideia cristã do desprezo do mundo, que reina ainda nos espíritos menos cristãos? E, por outro lado, as pessoas de espírito não conservam, quase todas, no pensamento, algum preconceito pelo qual pagam penitência pelo espírito de que são dotadas? É o que explica por que os homens que, por não saberem sorrir, acham-se sérios, não deixarão de falar mal de Brummell. É o que explica, mais ainda que o espírito de partido, as crueldades de Chamfort contra Richelieu. Ele o atacou com seu espírito incisivo, brilhante e viperino, como se fere com um punhal de cristal de ponta envenenada. Nesse sentido, Chamfort, por mais ateu que fosse, carregou o jugo da ideia cristã e, vaidoso ele próprio, não soube perdoar ao sentimento de vaidade de que também padecia o fato de ter proporcionado prazer aos outros.

Pois Richelieu, tal como Brummell, e até mesmo mais do que ele, teve todo o tipo de glória e de prazer que a opinião pode criar. Ambos, obedecendo aos instintos de sua vaidade (aprendamos a dizer essa palavra sem nos horrorizar) como se obedece aos instintos da ambição, do amor, etc., foram bem sucedidos; mas a analogia termina aí. Não bastava diferir apenas pelo temperamento; a sociedade da qual dependem aparece neles e, novamente, faz com que contrastem. Para Richelieu, essa sociedade, em sua sede implacável de diversões, tinha quebrado todos os seus freios; para Brummell, ela mastigava os seus com tédio. Para o primeiro, ela era dissoluta; para o segundo, hipócrita. É sobretudo nessa dupla disposição que se encontra a diferença que há entre a fatuidade de Richelieu e o dandismo de Brummell.

IV

Com efeito, ele não foi senão um dândi. Já Richelieu, antes de ser o tipo de fátuo que seu nome representa, era um grã-senhor numa aristocracia moribunda. Era general num país militar. Era belo numa época em que os sentidos revoltados dividiam orgulhosamente o império com o pensamento e em que os costumes do tempo não proibiam aquilo que dava prazer. Para além daquilo que Richelieu foi, ainda é possível imaginar Richelieu. Ele tinha a seu favor todas as forças da vida. Mas retirem o dândi: o que resta de Brummell? Ele não estava feito para nada mais, mas também para nada menos, do que o maior dândi de seu tempo e de todos os tempos. Ele o foi exatamente, puramente; quase diríamos inocentemente, se o ousássemos. Na confusão social que chamamos, por delicadeza, de "sociedade", quase sempre o destino é maior que as capacidades, ou as capacidades superiores ao destino. Mas para ele, para Brummell, coisa rara, houve acordo entre a natureza e o destino, entre o gênio e a fortuna. Mais espiritual ou mais apaixonado era Sheridan; maior poeta (pois ele foi poeta) era Lorde Byron; mais cavalheiros eram Lorde Yarmouth, ou ainda Byron: Yarmouth, Byron, Sheridan, e tantos outros dessa época, famosos em todos os gêneros de glória, mas algo a mais. Brummell não teve esse algo que era, nuns, a paixão ou o gênio, noutros, uma origem elevada, uma imensa fortuna. Ele ganhou com essa indigência, pois reduzido à única força que o distinguia, elevou-se ao nível de uma coisa: ele foi o próprio dandismo.

V

Isso é quase tão difícil de descrever quanto de definir. Os espíritos que só veem as coisas pelo lado menor imaginaram que o dandismo era sobretudo a arte da aparência, uma feliz e audaciosa ditadura em matéria de toalete e de elegância exterior. Muito certamente é isso também, mas é muito mais[5]. O dandismo é toda uma maneira de ser que não se resume ao aspecto materialmente visível. É uma maneira de ser inteiramente composta de nuances, como sempre acontece nas sociedades muito antigas e muito civilizadas, nas quais a comédia torna-se bastante rara e a convenção triunfa ao preço do tédio. Em nenhum outro lugar o antagonismo entre as convenções e o tédio que elas produzem fez-se sentir mais violentamente no fundamento dos costumes do que na Inglaterra, na sociedade da Bíblia e do Direito, e é talvez desse combate renhido, eterno como o duelo entre a Morte e o Pecado em Milton, que veio a originalidade profunda dessa sociedade puritana, que produz, na ficção, Clarisse Harlowe e, na realidade, Lady Byron[6]. O dia em que o resultado for decidido, é de se pensar que a maneira de ser que chamamos dandismo, se ainda existir, estará muitíssimo modificada; pois ela provém desse estado de luta sem fim entre a convenção e o tédio[7].

Assim, uma das consequências do dandismo, uma de suas principais características – para dizer melhor, sua característica mais geral –, é de sempre produzir o imprevisto, aquilo que o espírito acostumado ao jugo das regras não pode, em boa lógica, antever. A excentricidade – esse outro fruto do solo inglês – também o produz, mas de uma outra maneira, de uma forma desenfreada, selvagem, cega. É uma revolução individual contra a ordem estabelecida, às vezes contra a natureza: chega-se, aqui, próximo da loucura. O dandismo, ao contrário, brinca com a regra e, contudo, respeita-a ainda. Sofre com ela e dela se vinga quando tem de cumpri-la; invoca-a quando dela consegue fugir; domina e é dominado, alternadamente: duplo e móvel caráter! Para jogar esse jogo é preciso ter a seu serviço todas as levezas que fazem a graça, tal como os matizes do prisma, ao se reunirem, formam a opala.

Era isso que Brummell tinha. Tinha a graça como a concede o céu e como muitas vezes a falseiam as pressões sociais. Mas, enfim, ele a tinha, e por isso respondia às necessidades de capricho das sociedades entediadas e muito rigidamente dobradas aos estritos rigores da convenção. Ele era a prova desta verdade que é preciso repetir incessantemente aos homens da regra: se cortamos as asas à Fantasia, elas crescem em dobro[8]. Ele tinha essa familiaridade encantadora e rara que a tudo afeta e nada profana. Conviveu de igual para igual com todos os poderosos, todas as superioridades de sua época, elevando-se, pela desenvoltura, ao seu nível. Nas situações em que os mais hábeis teriam se perdido, ele se salvava. Sua audácia era a da medida certa. Ele era capaz de tocar impunemente o cutelo. Diz-se, contudo, que esse cutelo, cuja lâmina ele tinha tantas vezes desafiado, acabou por atingi-lo; que ele feriu, para sua ruína, a vaidade de um dândi como ele, S. M. George IV; mas seu império tinha sido tão grande que, se tivesse desejado, ele o teria reconquistado.

VI

Toda a sua vida foi uma influência, isto é, algo que é quase impossível descrever-se. Pode-se senti-la por todo o tempo que durar e, quando não existe mais, é possível identificar os seus efeitos; mas, se esses efeitos são da mesma natureza que a influência que os criou, e se não perduram, a história torna-se impossível. Reencontramos Herculano sob as cinzas; mas uns poucos anos a cobrir os costumes de uma sociedade enterram-na mais fundo que toda a poeira dos vulcões. Até mesmo as *Memórias*, história desses costumes, não passam de aproximações[9]. Não se reencontrará, pois, como se deveria, detalhada e nítida, se não viva, a sociedade inglesa do tempo de Brummell. Não se acompanhará jamais, em sua variável extensão e em sua abrangência, a ação de Brummell sobre os seus contemporâneos. A frase de Byron, que dizia gostar mais de Brummell do que do imperador Napoleão, parecerá sempre uma afetação ridícula ou uma ironia. Perdeu-se seu verdadeiro sentido.

Mas, em vez de insultar o autor de *Childe Harold*, por exprimir sua audaciosa preferência, é melhor compreendê-lo. Poeta, homem de fantasia, ele estava impressionado – porque podia julgá-lo – pelo império de Brummell sobre uma sociedade hipócrita e cansada de sua hipocrisia. Havia nisso um gesto de onipotência individual, que devia estar mais de acordo com a natureza de seu caprichoso gênio do que qualquer outro gesto de onipotência, qualquer que fosse ele.

VII

É, contudo, com frases semelhantes à de Byron que a história de Brummell será escrita e são essas frases que, como que por uma singular mistificação do destino, tornam-na indecifrável. Como a admiração não se justifica por fatos que desapareceram totalmente, por serem, por natureza, efêmeros, a autoridade do maior nome, a homenagem do gênio mais arrebatador tornarão o enigma mais obscuro. Com efeito, o que menos permanece de toda sociedade – a parte dos costumes que não deixa restos, o aroma demasiadamente sutil para que se conserve – são as maneiras, as intransmissíveis maneiras[10] pelas quais Brummel foi um príncipe de seu tempo. Tal como o orador, o grande ator, o contador de histórias, tal como todos esses espíritos que falam, como dizia Buffon, ao corpo pelo corpo, Brummell não tem senão um nome, que brilha com um reflexo misterioso em todas as *Memórias* escritas em sua época. O lugar que ele aí ocupa é mal explicado; mas é reconhecido, o que faz com que valha a pena que se pense sobre isso. Quanto a um estudo atual, detalhado, do retrato que resta a ser feito, ninguém, até agora, enfrentou a dolorosa luta que está envolvida; nenhum pensador buscou explicar, seriamente, severamente, essa influência que responde a uma lei, ou a uma transgressão, isto é, ao desvio de uma lei – a uma lei ainda. Os espíritos profundos não tinham, para isso, refinamento suficiente; os espíritos refinados, profundidade.

Não obstante, muitos tentaram. Quando Brummell ainda vivia, duas penas célebres, mas talhadas de uma maneira fina demais, molhadas de tinta nanquim excessivamente almiscarada, lançaram sobre um papel azulado, de bordas prateadas, alguns traços fáceis através dos quais se pretendeu ver Brummell. Eram retratos encantadores, pela leveza espiritual e pela negligente perspicácia. Retratou-se Pelham, retratou-se Granby. Retratou-se, até certo ponto, também Brummell, uma vez que se tratava do dandismo: mas a intenção tinha sido a de pintá-lo, se não nos fatos de sua vida, ao menos nas realidades de seu ser e nas possibilidades do romance? Quanto a *Pelham*, não é muito certo. Quanto a *Granby*, é até possível: o retrato de Trebeck parece ter sido feito na presença do modelo; não se inventam simplesmente essas nuances estranhas, feitas metade de natureza, metade de sociedade, e é possível perceber-se a presença real dando vida à pincelada que as traça.

Mas, excetuando-se o romance de Lister, no qual Brummell, se fosse preciso buscá-lo, era mais facilmente encontrado do que no *Pelham* do Sr. Bulwer, não há livro, na Inglaterra, que mostre Brummel como ele foi, e que explique um pouco mais claramente a força de sua personalidade. Recentemente, é verdade, um homem eminente[11] publicou dois volumes nos quais reuniu com paciência de anjo curioso todos os fatos conhecidos da vida de Brummell. Por que razão tantos esforços e cuidados resultaram simplesmente numa tímida crônica, sem o outro lado das cartas da história? É a explicação histórica que se fica a dever a Brummell. Há ainda admiradores, como o epigramático Cecil; curiosos, como o Sr. Jesse; inimigos, não diremos os nomes. Mas, entre seus contemporâneos que permaneceram de pé, entre os pedantes de todas as idades, pessoas honestas que têm no espírito os dois braços esquerdos que Rivarol atribuía a todos os ingleses, havia quem se indignasse de boa fé contra o esplendor ao qual se vincula o nome de Brummell: lerdos, imbuídos de uma grave moralidade, essa glória da frivolidade insulta-os. Só não surgiu ainda, para o grande dândi, o historiador, isto é, o juiz, o juiz sem entusiasmo e sem ódio, e cada dia que passa é um obstáculo a que ele nasça. Dissemos por quê. Se ele não surge, a glória terá sido para Brummell um espelho a mais. Vivo, ela o terá refletido na cintilante pureza de sua frágil superfície; mas – tal como os espelhos, quando não há mais ninguém ali – morto, ela nada terá conservado dele.

VIII

Como o dandismo não é a invenção de um homem, mas a consequência de um certo estado da sociedade que existia antes de Brummell, seria talvez conveniente constatar a sua presença na história dos costumes ingleses e precisar-lhe a origem. Tudo leva a pensar que essa origem é francesa. A graça entrou na Inglaterra, na restauração de Charles II, nos braços da Corrupção que se dizia então sua irmã, fazendo às vezes com que fosse acreditada. Ela veio atacar, com o gracejo, a seriedade terrível e imperturbável dos puritanos de Cromwell. Os costumes, sempre profundos na Grã-Bretanha – qualquer que seja a sua tendência, boa ou má –, exageravam a severidade. Era certamente preciso, para respirar, subtrair-se a seu império, afrouxar esse pesado cinturão, e os cortesãos de Charles II, que tinham bebido, nas taças de champanhe da França, um lótus que fazia esquecer as sombrias e religiosas atitudes da pátria, traçaram a tangente pela qual foi possível escapar. Muitos se precipitaram para lá. Como disse um escritor com cáustica precisão[12], "os próprios discípulos logo superaram seus antigos mestres"; e "sua boa vontade de serem corrompidos era tão boa que os Rochesters e os Shaftesburys saltaram um século relativamente aos costumes franceses de seu tempo e foram parar na Regência". Não falamos nem de Buckingham, nem de Hamilton, nem do próprio Charles, nem de todos aqueles nos quais as lembranças do exílio foram mais fortes do que as impressões da volta. Temos em vista, antes, aqueles que, permanecendo ingleses, foram mais profundamente atingidos pelo sopro estrangeiro, e que inauguravam o reino dos *Beaux*, como Sir Georges Hevett; Wilson (morto, diz-se, por Law, num duelo), e Fielding, cuja beleza atraiu o olhar cético do imperturbável Charles II, e que, após ter esposado a famosa Duquesa de Cleveland, reviveu as cenas de Lauzun com a *Grande Mademoiselle*. Assim, como se vê, até o título que lhes foi dado acusa a influência francesa. Sua graça correspondia ao título. Não era demasiadamente autóctone, demasiadamente misturada com essa originalidade do povo no meio do qual nasceu Shakespeare, com essa força íntima que deveria mais tarde penetrá-la. Não nos enganemos, os *Beaux* não são os dândis: eles os precedem. Já o dandismo, é verdade, agita-se sob essas superfícies; mas não surge ainda. É do fundo da sociedade inglesa que ele deverá sair. Fielding morre em 1712. Depois dele, o coronel Edgeworth, glorificado por Steele (também um *Beau* na juventude), continua a corrente de ouro lavrado dos *Beaux*, que se fecha com Nash, para reabrir com Brummell, mas com o dandismo de acréscimo.

Pois se nasceu mais cedo, é no intervalo que separa Fielding de Nash que o dandismo adquiriu o seu desenvolvimento e a sua forma. Quanto ao nome (cuja raiz é talvez igualmente francesa), só surge tardiamente. Não o encontramos em Johnson. Mas quanto à coisa que ele significa, ela existia e, tal como deveria, nas personalidades mais elevadas. Com efeito, como o valor dos homens é sempre estimado pelo número de faculdades que eles têm, e como o dandismo representa justamente aquelas que não pertenciam aos costumes, todo homem superior teve que se impregnar mais ou menos – e se impregnou – de dandismo. Foi o caso de Marlborough, Chesterfield e, sobretudo, de Bolingbroke; pois Chesterfield – que tinha feito, nas suas *Cartas*, o tratado do *Gentleman*, como Maquiavel havia feito o do *Princípe*, menos ao inventar a regra que ao narrar o costume – está ainda bastante ligado à opinião geralmente aceita; e Marlborough, com sua beleza de mulher orgulhosa, é mais cúpido do que vaidoso. Só Bolingbroke é avançado, completo, um verdadeiro dândi dos últimos tempos. Ele tem do dândi a ousadia na conduta, a impertinência suntuosa, a preocupação com o efeito exterior e a vaidade incessantemente presente. Recorde-se que ele invejou Harley, por este ter sido assassinado por Guiscard, e que ele dizia, para se consolar, que o assassino tinha, sem dúvida, tomado um ministro por outro. Rompendo com as pudicícias dos salões de Londres, não o vimos – coisa horrível de se pensar! – exibir o amor mais natural por uma vendedora de laranjas, que talvez não fosse bonita, e que vendia sua mercadoria sob as galerias do Parlamento[13]? Enfim, ele inclusive inventou a divisa do dandismo, o *Nil mirari*[14] desses homens – deuses em miniatura – que querem sempre surpreender sem perder a impassibilidade[15]. De resto, mais do que com qualquer outro, o dandismo combinava com Bolingbroke. Não é o dandismo o livre pensar em questões de maneiras e de convenções do mundo, da mesma maneira que a filosofia o é em matéria de moral e de religião? Como os filósofos que erigiam, perante a lei, uma obrigação superior, os dândis, com sua autoridade privada, estabelecem uma regra acima daquela que rege os círculos mais aristocráticos, mais presos à tradição[16], e pelo gracejo, que é um ácido, eles conseguem fazer com seja aceita essa regra móvel que não é, ao final das contas, senão a audácia de sua própria personalidade. Esse resultado é curioso e se deve à natureza das coisas. Por mais que as sociedades se mantenham firmes, por mais que as aristocracias se fechem a tudo que não seja a opinião aceita, um dia o Capricho se insurge e avança por entre esses agrupamentos que pareciam impenetráveis, mas que estavam minados pelo tédio. Foi assim que, de um lado, a Frivolidade[17], num povo caracterizado por uma postura rígida e por um militarismo rude, e, de outro, a Imaginação, a exigir seu direito diante de uma lei moral demasiadamente estreita para ser verdadeira, produziram um tipo de expressão, uma ciência de maneiras e de atitudes, impossível alhures, de que Brummell foi a expressão acabada e que nunca mais será igualada. Veremos por quê.

IX

George Bryan Brummell nasceu em Westminster, tendo como pai W. Brummell, *Esquire*[18], secretário particular desse Lorde North, dândi também ele, em certos momentos, que dormia, por desprezo, em seu assento de ministro, durante os mais virulentos ataques dos oradores da oposição. North fez a fortuna de W. Brummell, homem de ordem e de capacidade ativa. Os panfletários que clamam contra a corrupção, esperando serem corrompidos, chamavam Lorde North de deus dos pagamentos (*the god of emoluments*). Ainda assim, a verdade é que, ao pagar Brummell, ele não fazia mais do que recompensar seus serviços. Após a queda do ministério de seu benfeitor, o Sr. Brummell tornou-se alto magistrado em Berkshire. Morou próximo ao Castelo de Domington, local célebre por ter sido a residência de Chaucer, e ali viveu com essa hospitalidade opulenta da qual os ingleses são os únicos no mundo a terem o sentimento e a capacidade. Ele tinha conservado relações importantes. Entre outras celebridades contemporâneas, recebia frequentemente Fox e Sheridan. Uma das primeiras impressões do futuro dândi foi, portanto, a de sentir sobre si o alento desses homens fortes e encantadores. Exerceram para ele o papel de fadas benfazejas; mas não lhe deram senão a metade da força que tinham, não lhe deram senão as mais efêmeras de suas faculdades. Não há nenhuma dúvida de que, vendo e ouvindo esses espíritos, a glória do pensamento humano, que conduziam tanto a conversação quanto o discurso político, e cuja espirituosidade igualava a eloquência, o jovem Brummell desenvolveu as faculdades que lhe eram inerentes e que mais tarde fizeram dele (para utilizar a palavra utilizada pelos ingleses) um dos primeiros *conversacionistas*[19] da Inglaterra. Quando o pai morreu, ele tinha dezesseis anos (1794). Ele tinha sido enviado, em 1790, a Eton, e já tinha se distinguido – para além do círculo de estudos – por *aquilo* que o caracterizará tão eminentemente mais tarde. O cuidado que punha no arranjo pessoal e a fria languidez de suas maneiras fizeram com que seus condiscípulos lhe dessem um título bastante em voga então, pois o nome "dândi" não estava ainda na moda, e os déspotas da elegância chamavam-se *Bucks* ou *Macaronies*. Chamavam-no *Buck Brummell*[20]. Ninguém, de acordo com o testemunho de seus contemporâneos, exerceu mais influência do que ele sobre os seus colegas de Eton, excetuando-se talvez George Canning, mas a influência de Canning era a consequência do ardor de sua mente e de seu coração, enquanto a de Brummell provinha de faculdades menos inebriantes. Ele justificava a frase de Maquiavel: "O mundo pertence aos espíritos frios". De Eton ele foi para Oxford, onde teve o tipo de sucesso para o qual estava destinado. Ali ele agradou pelos aspectos mais exteriores do espírito: sua superioridade, aquela que lhe era própria, não se mostrava nas laboriosas buscas do pensamento, mas nas relações da vida. Ao deixar Oxford, três meses após a morte de seu pai, ingressou, como porta-estandarte, no 10º regimento dos hussardos, comandado pelo príncipe de Gales.

Tentou-se muitas vezes explicar a forte atração que Brummell inspirou subitamente nesse príncipe. Contaram-se anedotas que não merecem ser citadas. Quem precisa dessas bisbilhotices? Há uma melhor explicação. Com efeito, Brummell, sendo quem era, seria impossível que não atraísse a atenção e as simpatias do homem que, dizia-se, estava mais orgulhoso e contente com a distinção de suas maneiras do que com a importância de seu nível social. Conhece-se, por outro lado, o esplendor dessa juventude que tentava se eternizar. Nessa época, o príncipe de Gales tinha trinta e dois anos. Belo, com aquela beleza linfática e estática da casa de Hanover, mas tentando animá-la pelos adereços, a vivificá-la pelo raio de fogo do diamante; escrofuloso tanto na alma quanto no corpo, mas sem ter, em nada, rebaixado a sua graça, essa última virtude dos cortesãos, aquele que foi George IV reconheceu em Brummell uma porção dele próprio, a parte que continuava sã e luminosa, e aí está o segredo do favoritismo que lhe concedia! Foi tão simples quanto uma conquista de mulher. Não há amizades que têm sua origem nas coisas do corpo, na graça exterior, assim como há amores que vêm da alma, do encanto imaterial e secreto?... Assim foi a amizade do príncipe de Gales pelo jovem porta-bandeira dos hussardos: sentimento que ainda provinha dos sentidos, o único, talvez, que pôde germinar no fundo dessa alma obesa, sobre a qual predominava o corpo.

Assim, o inconstante favoritismo que lhe dispensaram, por sua vez, Lorde Barrymore, G. Hanger e tantos outros, caiu sobre a cabeça de Brummell com todo o imprevisto do capricho e a fúria da admiração. Sua apresentação ocorreu no famoso terraço de Windsor, em presença da *fashion* mais exigente. Ali ele exibiu tudo aquilo que o príncipe de Gales devia mais estimar entre as coisas humanas: uma grande juventude realçada pelo aprumo de um homem que conhecia a vida e podia dominá-la, a mais refinada e ousada mistura de impertinência e de respeito, enfim, o dom de saber como se arrumar, tudo isso avalizado por uma réplica sempre ágil e espirituosa na conversação. Certamente havia, na conquista de um tal sucesso, algo mais do que simples extravagância nesses dois aspectos. A palavra *extravagância* é empregada pelos moralistas desconcertados como a palavra *nervos* o é pelos médicos. A partir daí, seu nível na escala de consideração tornou-se bastante elevado. Foi possível vê-lo, de preferência aos mais nobres da Inglaterra, ele, que era filho de um simples *esquire*, do secretário particular cujo avô tinha sido marechal, preencher as funções de *chevalier d'honneur* do presumível herdeiro, por ocasião de seu casamento com Caroline de Brunswick. Tamanha distinção reuniu imediatamente ao seu redor, em virtude da mais lisonjeira das familiaridades, a aristocracia dos salões: Lorde R. E. Somerset, Lorde Petersham[21], Charles Ker, Charles e Robert Manners. Até aí, nada de surpreendente: ele não passava de um afortunado. Tinha nascido, como dizem os ingleses, com uma colher de prata na boca. Tinha a seu favor esse algo de incompreensível que chamamos de *nossa estrela*, e que decide a vida sem razão nem justiça; mas o que mais surpreende, o que justifica sua sorte é que ele a consolidou. Filho mimado pela fortuna, tornou-se mimado também pela sociedade. Byron fala em algum lugar de um retrato de Napoleão com seu manto imperial, e acrescenta: "Parecia ter nascido nele". Era possível dizer o mesmo de Brummell e desse fraque famoso que ele inventou. Começou seu reino sem dificuldade, sem hesitação, com uma confiança que é uma consciência. Tudo concorreu para seu estranho poder e ninguém se lhe opôs. Ali onde as relações valem mais que o mérito e onde os homens, para que cada um deles possa apenas existir, devem apegar-se como crustáceos, Brummell tinha a seu favor, mais ainda como admiradores que como rivais, os Duques de York e de Cambridge, os Condes de Westmoreland e de Chatham (o irmão de William Pitt), o Duque de Rutland, Lorde Delamere: política e socialmente o que havia de mais elevado. As mulheres que estão, como os padres, sempre do lado do poder, fizeram soar, com seus lábios vermelhos, as fanfarras de suas admirações. Elas foram as trombetas de sua glória; mas permaneceram trombetas, porque é aqui que reside a originalidade de Brummell. É aqui que ele difere essencialmente de Richelieu e de quase todos os homens organizados para seduzir. Ele não era o que o mundo chama de libertino. Richelieu, por sua vez, imitou demasiadamente esses conquistadores tártaros que enfeitavam seus leitos com corpos femininos emaranhados. Brummell não teve nenhum desses espólios e troféus de vitória; sua vaidade não se embebia num sangue ardente. As sereias, filhas do mar, com voz irresistível, tinham os flancos cobertos de escamas impenetráveis, tanto mais encantadoras, infelizmente, quanto mais perigosas eram!

E sua vaidade não perdeu com isso: pelo contrário. Ela não se achava nunca em colisão com alguma outra paixão que pudesse atingi-la, que a equilibrasse: ela reinava sozinha, ela era mais forte[22]. Amar, inclusive no sentido menos elevado dessa palavra, desejar, é sempre depender, é ser escravo do desejo. Os braços mais ternamente fechados sobre você são ainda uma cadeia, e se somos Richelieu – ou mesmo Don Juan –, quando nos libertamos desses braços tão ternos, não nos libertamos senão de um elo da cadeia que carregamos. Foi dessa escravidão que Brummell escapou. Seus triunfos tiveram a insolência do desinteresse. Ele jamais teve a vertigem das cabeças que transtornava. Num país como a Inglaterra, em que o orgulho e a covardia reunidos confundem pudor com pudicícia, foi interessante ver um homem, e um homem tão jovem, que resumia em si todos as seduções devidas à convenção e também as que se devem à natureza, punir as mulheres em suas propostas sem boa fé, e se deter, relativamente a elas, no limite da galanteria, porque elas não a colocaram aí para que fosse respeitada. Era, entretanto, assim que agia Brummell, sem nenhum cálculo e sem o mínimo esforço. Para quem conhece as mulheres, isso duplicava o seu poder: entre as *ladys* altivas, ele feria o orgulho romanesco e fazia sonhar o orgulho corrompido.

Rei da moda, não teve, pois, amante titular. Mais habilmente dândi que o príncipe de Gales, não se permitiu uma Sra. Fitzherbert. Foi um sultão sem turbante. Nenhuma ilusão sentimental, nenhuma exaltação dos sentidos influiu – para enfraquecê-los ou para suspendê-los – sobre os julgamentos que emitia. Eles eram, assim, soberanos. Quer fosse um elogio, quer uma reprovação, uma palavra de George Bryan Brummell era tudo então. Ele era o autocrata da opinião. Na Itália, se, por hipótese, um homem igual, um igual poder fossem possíveis, nenhuma mulher apaixonada levaria isso em consideração. Mas na Inglaterra, a mais desvairadamente amorosa, ao enfeitar-se com uma flor ou ao provar um adereço, pensaria muito mais no julgamento de Brummell do que no prazer de seu amante. Uma duquesa (e sabe-se a quanta altivez um título dá direito nos salões da Inglaterra) dizia, em pleno baile, à sua filha, correndo o risco de ser ouvida, que tivesse muito cuidado com a atitude, os gestos, as respostas, se, por um acaso, o Sr. Brummell se dignasse falar-lhe; pois, nessa primeira fase de sua vida, ele se misturava ainda à multidão de dançarinos nesses bailes em que as mãos mais belas permaneciam desocupadas à espera da sua. Mais tarde, inebriado com a posição excepcional que construiu para si, renunciou a esse papel de dançarino, demasiadamente vulgar para ele. Ele permanecia apenas alguns minutos à entrada de um baile; percorria-o com um olhar, julgava-o com uma frase, e desaparecia, aplicando, assim, o famoso princípio do dandismo: "No mundo, enquanto não produz efeito, permaneça; quando ele se produz, vá embora". Ele tinha consciência de seu fulminante prestígio. Para ele, o efeito não era mais que uma questão de tempo.

Com esse fulgor em sua vida, essa soberania sobre a opinião, essa grande juventude que aumenta a glória e esse aspecto encantador e cruel que as mulheres amaldiçoam e adoram, nenhuma dúvida de que ele tenha inspirado muitas paixões de sentido contrário – amores profundos, inexoráveis ódios; mas nada disso transpirou[23].

O *cant*[24] abafou o grito das almas, se é que houve alguém que tivesse ousado gritar. Na Inglaterra, a convenção que castra os corações opõe-se um tanto à existência das senhoritas de Lespinasse que pretendessem nascer; e quanto a uma Caroline Lamb,

Brummell não teve alguém do tipo, pela simples razão de que as mulheres são mais sensíveis à traição do que à indiferença. Uma única, ao que sabemos, deixou, a propósito de Brummell, algumas dessas palavras que escondem a paixão e que a revelam: a cortesã Henriette Wilson, o que é natural, pois ela tinha ciúmes não do coração de Brummell, mas de sua glória. As qualidades das quais o dândi extraía o seu poder eram daquelas que teriam feito a fortuna da cortesã. E, além disso, sem serem Henriettes Wilsons, as mulheres se entendem tão bem relativamente às reservas em favor de seu sexo! Elas têm o gênio da matemática, como os homens, e todos os tipos de gênios, e não perdoam a Sheridan, embora ele também o tivesse, a impertinência de ter mandado esculpir sua mão como a mais bela da Inglaterra.

X

Alcibíades foi o mais belo dos grandes generais. George Bryan Brummell poderia tê-lo igualado, mas faltava-lhe o espírito militar. Não ficou por muito tempo no 10º regimento dos hussardos. Nele ingressou talvez com um objetivo mais sério do que se pensou – para se aproximar do príncipe de Gales e travar relações que o pusessem rapidamente em destaque. Foi dito, com bastante desprezo, que o uniforme deve ter exercido uma fascinação irresistível sobre Brummell. Isso significa explicar o dândi através de sentimentos de subtenente. Um dândi que tudo imprime com sua marca, que não existe sem uma *certa e requintada originalidade* (Lorde Byron)[25] deve necessariamente odiar o uniforme. De resto, e para coisas mais sérias do que essa questão de indumentária, uma vez desaparecida sua influência, é da natureza das faculdades de Brummell ser mal julgado. Quando vivia, os mais recalcitrantes a sentiam; mas, hoje, dados os preconceitos dominantes, fazer a análise de um personagem assim é um difícil exercício de psicologia. As mulheres jamais lhe perdoarão ter tido a graça como elas; os homens, não a ter tido como ele.

Dissemos anteriormente, mas não nos cansaremos de repetir: o que faz o dândi é a independência. Se assim não fosse, haveria uma legislação do dandismo, mas não há.[26] Todo dândi é um *ousado*, mas um ousado que tem tato, que se interrompe a tempo e que encontra, entre a originalidade e a excentricidade, o famoso ponto de intersecção de Pascal.[27] É por isso que Brummell não conseguiu se dobrar às restrições da regra militar, que também é um uniforme. Desse ponto de vista, ele foi um oficial detestável. O Sr. Jesse, esse admirável cronista que pouco esquece, conta várias anedotas sobre a indisciplina de seu herói. Ele saía de forma nas manobras, desobedecia às ordens do seu coronel; mas o coronel estava sob a influência de seu fascínio e não o punia. Em três anos, Brummell torna-se capitão. Subitamente seu regimento recebe a ordem para se aquartelar em Manchester. Foi o que bastou para o mais jovem capitão do mais magnífico regimento do exército deixar o serviço. Ele disse ao príncipe de Gales que não queria se afastar dele. Era mais gentil dizer isso do que dizer que não queria se afastar de Londres, mas era Londres que o retinha, acima de tudo. Sua glória nasceu ali; era autóctone desses salões em que a riqueza, o entretenimento e o último grau de civilização produziam essas encantadoras afetações que tomaram o lugar do natural. A pérola do dandismo ir parar em Manchester, cidade de manufaturas, era algo tão monstruoso quanto imaginar Rivarol em Hamburgo!

Ele salvou o futuro de seu renome: permaneceu em Londres. Estabeleceu residência na rua Chesterfield, nº 4, em frente de George Selwyn – um desses astros da moda que ele tinha contribuído para enfraquecer. Sua fortuna material, bastante considerável, não estava à altura de sua posição. Outros – e muitos deles estavam entre esses filhos de lordes e de nababos – desfrutavam de um luxo que teria esmagado o seu, se o que não pensa pudesse esmagar o que pensa. O luxo de Brummell era mais inteligente que ofuscante; ele era uma prova a mais da segurança desse espírito que deixava a cor vermelha para os selvagens, e que inventou mais tarde este grande axioma de toalete: "Para estar bem arrumado, não é preciso ser notado". Bryan Brummell teve bons cavalos, um excelente cozinheiro e a *home* de uma mulher que se tornaria poeta. Ele dava jantares deliciosos, em que os convivas eram tão selecionados quanto os vinhos. Como os homens de seu país e sobretudo de sua época[28], gostava de beber até ficar embriagado. Linfático e nervoso, no tédio dessa existência ociosa e inglesa, à qual o dandismo não escapa senão em parte, ele buscava a emoção dessa outra vida que se encontra no fundo das bebidas, que lateja mais forte, que ressoa e que deslumbra. Nessas ocasiões, entretanto, mesmo com o pé afundado no rodopiante abismo da embriaguez, ele continuava senhor de sua espirituosidade, de sua elegância, tal como Sheridan, do qual ainda se fala, porque encontramo-lo sempre no extremo de todas as superioridades.

Era com isso que ele subjugava. Os pregadores metodistas (que não existem mais na Inglaterra), todos os míopes que arriscaram falar sobre Brummell, pintaram-no, e nada é mais falso, como uma espécie de boneco sem cérebro e sem entranhas, e, para rebaixá-lo ainda mais, rebaixaram a época em que viveu, ao dizer que ela tinha sua loucura. Tentativa e esforço inúteis! Por mais que se tenha golpeado esse tempo glorioso para a Grã-Bretanha, tal como, em Florença, golpeava-se a esfera de ouro[29] na qual a água que se queria comprimir estava encerrada, o elemento rebelde, em vez de dobrar-se, atravessou as paredes, e eles não conseguirão reduzir a sociedade inglesa de 1794 a 1816 a não mais que uma sociedade em decadência. Há séculos incompreensíveis que resistem a tudo que dele se diz. A grande época dos Pitts, dos Foxs, dos Windhams, dos Byrons, dos Walters Scotts, tornaria-se subitamente pequena por ter sido preenchida com o nome de Brummell? Se um tal pretensão é absurda, Brumell teria, então, nele, algo digno de atrair e de cativar os olhares de uma grande época; – o tipo de olhar que não se atém, como os passarinhos no espelho, ao ardil dos trajes graciosos ou esplêndidos. Brummell, que os apaixonou, concedia, de resto, muito menos importância do que se quis fazer acreditar a essa arte da toalete praticada pelo grande Chatham.[30] Seus alfaiates, Davidson e Meyer, dos quais se pretendeu fazer, com toda a tolice da insolência, os pais de sua glória, não tiveram na sua vida o lugar que lhes é dado. Escutemos Lister, sobretudo, que dele pinta um retrato fiel: "Repugnava-lhe pensar que ele devia seu renome aos alfaiates, não confiando senão no refinado encanto de uma desenvoltura nobre e polida que ele possuía num grau muito notável". É verdade que no começo, e dadas as suas tendências exteriores, no momento em que o democrático

Charles Fox introduzia (aparentemente como efeito de toalete) o salto vermelho[31] nos tapetes da Inglaterra, Brummell teve que se preocupar com a forma sob todos os seus aspectos. Ele não ignorava, do alto da majestade de seu espírito imortal, que a vestimenta tinha uma influência latente, mas decisiva, até mesmo sobre os homens que mais o desdenhavam. Mais tarde, porém, ele se desprendeu, como diz Lister, dessa preocupação de juventude, sem, entretanto, abandoná-la naquilo que ela tem de conforme à experiência e à observação. Continuou arrumando-se de uma maneira irrepreensível; mas atenuou as cores de suas roupas, simplificou-lhes o corte e vestiu-as despreocupadamente[32]. Atingiu, assim, o cume da arte que dá a mão ao natural. Entretanto, os meios com que causava efeito eram da mais alta linhagem, e foi isso que se esqueceu rapidamente – rapidamente demais. Ele foi considerado como um ser puramente físico; mas era, pelo contrário, intelectual até no tipo de beleza que possuía. Com efeito, ele brilhava bem menos pela correção dos traços que pela fisionomia. Tinha, tal como Alfieri, os cabelos quase ruivos, e uma queda de cavalo, por ocasião de uma carga, tinha alterado a linha grega de seu perfil. A postura da cabeça causava mais impressão que o rosto, e o seu porte – fisionomia do corpo – superava até a perfeição de suas formas. Escutemos Lister: "Não era bonito, nem feio; mas tinha, em toda a sua pessoa, uma expressão de fineza e de ironia concentrada e, nos olhos, uma incrível penetração". Algumas vezes, esses olhos sagazes sabiam congelar-se com uma indiferença sem desprezo, como convém a um dândi consumado, a um homem que carrega consigo algo de superior ao mundo visível. Sua voz magnífica tornava a língua inglesa tão bonita ao ouvido quanto o é aos olhos e ao pensamento. "Ele não afetava ter a vista curta; mas podia assumir", diz ainda Lister, "quando as pessoas presentes não tinham a importância que sua vaidade desejara, esse olhar calmo, mas errante, que percorre alguém sem reconhecê-lo, que não se fixa nem se deixa fixar, de que nada toma posse e de que nada se distancia". Esse era o *beau* Georges Bryan Brummell. Nós, que lhe consagramos estas páginas, vimo-lo em sua velhice, e conseguíamos adivinhar o que ele tinha sido nos seus anos mais resplandecentes; pois a expressão não está ao alcance das rugas, e um homem notável sobretudo pela fisionomia é muito menos mortal que qualquer outro.

De resto, o que a fisionomia prometia o espírito tinha-o, e de sobra. Não era por nada que o raio divino dançava em torno de seu envoltório. Mas porque sua inteligência, de uma espécie infinitamente rara, dedicava-se pouco àquilo que governa a dos outros homens, seria justo negá-la? Ele era um grande artista à sua maneira; mas sua arte não era específica, não se exercia num tempo dado. Era a sua própria vida – a cintilação eterna das faculdades que, no homem, não têm repouso –, criada para viver com seus semelhantes. Ele agradava com a sua pessoa, como outros agradam com suas obras. Era em sua presença que residia seu valor. Ele tirava de seu torpor[33] – coisa difícil! – uma sociedade horrivelmente indiferente, culta, exposta, pela emoção, a todas as fadigas das velhas civilizações e, para isso, não sacrificava a mínima parte de sua dignidade pessoal. Ele era respeitado até em seus caprichos. Nem Etherege, nem Cibber, nem Congreve, nem Vambrugh foram capazes de introduzir um personagem assim em suas comédias, pois o ridículo jamais o atingia. Não o evitou pelo tato, não o enfrentou pela ousadia: protegeu-se pelo espírito, escudo que tinha um dardo no centro e que transformava a defesa em ataque. Nesse caso é que talvez se poderá compreendê-lo melhor. Os mais resistentes em sentir a graça que se insinua sentem a força que pressiona, e o império de Brummell sobre sua época parecerá menos fabuloso, menos inexplicável, quando se conhecer o grau da força de sarcasmo que ele tinha. A Ironia é um gênio que dispensa todos os outros. Ela dá a um homem a aparência de esfinge que preocupa como um mistério e que inquieta como um perigo[34]. Ora, Brummell a possuía e dela se servia para fazer tremer qualquer amor-próprio, ainda que o acariciando, e para redobrar os mil interesses de uma conversação superior pelo temor das vaidades, o que não infunde espírito, mas anima o daqueles que o têm e faz circular mais ligeiro o sangue daqueles que não o têm. Foi o gênio da Ironia que fez dele o maior mistificador que a Inglaterra já teve. "Não havia", diz o autor de *Granby*, "guardador de zoológico que fosse mais capaz em demonstrar a destreza de um símio do que ele o era em expor o lado grotesco que se esconde, mais ou menos, em qualquer homem; era inigualável o seu talento para manipular a sua vítima e para fazer com que ela própria expusesse seus ridículos do melhor ponto de vista possível." Prazer, se quisermos, um tanto feroz; mas o Dandismo é o produto de uma sociedade que se entedia, e entediar-se não torna ninguém bom.

É isso que é importante não perder de vista quando se julga Brummell. Ele era, antes de tudo, um Dândi, e não se trata senão de seu poder. Singular tirania que não revoltava! Como todos os Dândis, ele gostava ainda mais de surpreender do que de agradar: preferência muito humana, mas que leva longe os homens; pois a melhor das surpresas é o horror. Nesse declive, onde se deter? Só Brummell sabia. Ele vertia em doses perfeitamente iguais o terror e a simpatia, e com eles compunha a infusão mágica de sua influência. Sua indolência não lhe permitia ter verve, pois ter verve é apaixonar-se; apaixonar-se é apegar-se a algo, e apegar-se a algo é mostrar-se inferior; mas, homem de sangue-frio, não lhe faltava espirituosidade. Era mordaz na conversação, como Hazlitt o era nos seus escritos. Suas palavras crucificavam[35]; sua impertinência, entretanto, tinha amplitude bastante para se deixar condensar e conter em epigramas. Essa impertinência, ela a transportava das palavras imateriais que a exprimiam para os atos, para a atitude, para o gesto e o som da voz. Enfim, ele a praticava com essa incontestável superioridade que ela exige entre pessoas à altura para ser sentida; pois ela beira a grosseria, assim como o sublime beira o ridículo e, se perde a sutileza, arruína-se. Gênio sempre semivelado, a Impertinência não precisa do socorro das palavras para se tornar visível; sem se impor, ela tem uma força cuja penetração é de natureza bem diferente daquela do epigrama mais brilhantemente redigido. Quando existe, constitui a melhor arma de defesa que se pode ter contra a vaidade dos outros, tão frequentemente hostil, como é também o mais elegante manto capaz de ocultar as imperfeições das quais se têm consciência. Aos que a têm, qual a necessidade de outra coisa? Não fez ela mais pela reputação do espírito do príncipe de Talleyrand do que esse próprio espírito? Filha da Leveza e do Aprumo, duas qualidades que parecem se excluir, ela é também irmã da Graça, com a qual deve permanecer unida. Pelo contraste, uma torna a outra mais bela. Com efeito, sem a Impertinência, a Graça não se pareceria com uma loira demasiadamente insossa, e sem a Graça, a Impertinência não seria uma morena demasiadamente atrevida? Para que sejam exatamente o que cada uma é, convém misturá-las.

E era nisso que Georges Brummell se saía melhor que ninguém. Este homem, julgado de uma forma excessivamente superficial, foi uma força tão intelectual que reinou ainda mais pelas atitudes do que pelas palavras. Sua ação sobre os outros era mais imediata que a que se exerce unicamente pela linguagem. Ele a produzia pela entonação, pelo olhar, pelo gesto, pela intenção transparente, até pelo silêncio[36]; e isso pode explicar a pouca quantidade de palavras que deixou. De resto, essas palavras, a julgar por aquelas que as *Memórias* escritas na época registraram, carecem, para nós, de sabor ou têm-no em demasia, o que, de certa maneira, significa carência ainda maior de sabor. Sentimos a áspera influência do gênio mordaz desse povo que boxeia e se embriaga, mas que não chega a ser rude naquelas situações em que nós, franceses, deixaríamos de ser delicados. Que se reflita que aquilo que apenas nós, franceses, chamamos de *espírito*, para designar os produtos do pensamento que se devem, essencialmente, à língua, aos costumes, à vida social, às circunstâncias que mudam de povo para povo, está fadado a se apagar, desenraizado, no exílio de uma tradução. Até mesmo as expressões que o caracterizam, para cada nação, são intraduzíveis, com precisão, na profundeza do sentido que elas têm. Tentem, por exemplo, encontrar correlativos para *wit*, *humour*, *fun*, que constituem o espírito inglês em sua original triplicidade. Mutável, como tudo o que é individual, o espírito não extravasa, de uma língua para a outra, mais do que a poesia que, pelo menos, inspira-se em sentimentos gerais. Como certos vinhos, que não sabem viajar, ele deve ser bebido no seu chão. Tampouco sabe envelhecer: é da mesma natureza das mais belas rosas que passam rapidamente, e isso constitui, talvez, o segredo do prazer que causa. Deus frequentemente substituiu a duração da vida pela sua intensidade, para que o generoso amor pelas coisas perecíveis não se arruinasse nos nossos corações.

Não citaremos, portanto, as palavras de Brummell. Elas não justificariam seu renome e, entretanto, elas fizeram com que ele o merecesse; mas as circunstâncias que as fizeram brotar e que, por assim dizer, as carregaram de eletricidade, não existem mais. Não revolvamos, não contemos esses grãos de areia que foram centelhas e que o tempo dispersou após tê-las apagado. Graças à diversidade das vocações, há glórias que não são nada mais que ruído num silêncio, e que devem, para sempre, alimentar o devaneio, ao desencorajar o pensamento.

Entretanto, como não se deixar impressionar por essa vaga de glória que recaiu sobre um homem tão positivo quanto Brummell: ele o era triplamente, por ser vaidoso, inglês e Dândi! Como todas as pessoas positivas que não vivem distantes delas mesmas e que não têm fé e vontade senão para os prazeres imediatos, Brummell não desejará nunca senão esses prazeres, e ele os teve em abundância. O destino pagou-lhe na moeda que ele mais valorizava. A sociedade deu-lhe todas as alegrias de que dispõe, e para ele não havia felicidades maiores[37]; pois não pensava, como Byron (que ora renegava o Dandismo, ora nele recaía), que o mundo não vale uma única das alegrias de que nos priva. Dessa vaidade, eternamente inebriada, o mundo não o privou. De 1799 até 1814, não havia reunião, não havia festa, em Londres, em que a presença do grande Dândi não fosse considerada como um triunfo e sua ausência como uma catástrofe. Os jornais imprimiam seu nome antecipadamente, encabeçando os convidados mais ilustres. Nos bailes de Almack, nos *meetings* de Ascott, ele dobrava todos à sua ditadura. Foi diretor do clube Watier, do qual Lorde Byron era membro, com Lorde Alvanlay, Mildmay e Pierrepoint. Ele era a alma (é "alma" que se deve dizer?) do famoso pavilhão de Brigthon, de Carlton House, de Belvoir. Ligado mais particularmente a Sheridan, à Duquesa de York, a Erskine, ao Lorde Townshend e a essa apaixonada e singular Duquesa de Devonshire, poeta em três línguas, e que, para deixar o Sr. Fox ainda mais sem voz, beijava os açougueiros de Londres com seus lábios aristocráticos, ele se impunha àqueles que poderiam julgá-lo, que teriam sido capazes de encontrar o vazio sob o brilho, se realmente ele não tivesse passado de um favorito da sorte. Foi dito que a Senhora de Staël esteve a ponto de sofrer por não lhe ter agradado. Seu onipotente coquetismo de espírito foi eternamente repelido pela alma fria e pela zombaria eterna do Dândi, desse caprichoso de gelo que tinha excelentes razões para zombar do entusiasmo. Corinne fracassou com Brummell, como com Bonaparte: paralelo que faz lembrar a frase de Lorde Byron já citada. Enfim, sucesso mais original ainda: uma outra mulher, Lady Stanhope, a amazona árabe que fugiu a galope da civilização europeia e das rotinas inglesas, esse velho Circo em torno do qual giramos, para reanimar suas sensações no perigo e na independência do deserto, só se lembrava, após muitos anos de ausência, dentre todos os civilizados deixados para trás, do mais civilizado deles, talvez – o Dândi Georges Brummell.

Certamente, quando levamos em consideração essas impressões vivas, indeléveis, sobre as principais cabeças de uma época, somos obrigados a tratar aquele que as produziu, ainda que tenha sido um fátuo, com a seriedade que se deve a tudo aquilo que se apodera, como vencedor, das imaginações dos homens. Os poetas, pela única razão de que refletem o tempo, impregnaram-se de Brummell.

Foi cantado por Moore; mas quem é Moore[38]? Brummell foi talvez uma das inspirações, invisível para o poeta, de *Don Juan*. É verdade, entretanto, que esse poema estranho tem o tom essencialmente dândi, de um extremo a outro, e que ele esclarece muito bem a ideia que podemos formar das qualidades e do gênero do espírito de Brummell. Foi por suas qualidades evanescentes que ele se elevou acima do horizonte e aí se manteve. Dessa posição não desceu. Mas caiu, levando com ele, em sua perfeição, uma coisa que, depois dele, não ressurgiu senão degradada. O embrutecedor *Turf* substituiu o Dandismo. Não há mais agora na *High life* senão jóqueis e chicoteadores de cães[39].

XI

Chegamos rapidamente, quando se escreve esta história feita mais de impressões do que de fatos, à desaparição do meteoro, ao fim deste incrível romance (que não é um conto), do qual a sociedade de Londres foi a heroína e Brummell, o herói. Mas, na realidade, esse fim estava há muito tempo à espera. Na ausência de fatos, que é a medida histórica do tempo, que se tomem as datas e pela sua duração se poderá avaliar a profundidade dessa influência. De 1793 a 1816, temos aí vinte e dois anos. Ora, no mundo moral, tal como no mundo físico, o que é leve se desloca facilmente. Um sucesso contínuo, por tantos anos, mostra, portanto, que era certamente, para além da convenção social, a uma necessidade de natureza humana que respondia a existência de Brummell. Além disso, quando, mais tarde, ele foi obrigado a deixar a Inglaterra, o interesse que se tinha concentrado na sua pessoa não tinha se esgotado. O entusiasmo não se afastava dele. Em 1812, em 1813, ele era mais poderoso do que nunca, apesar dos reveses que o jogo tinha imposto à sua fortuna material, que constituía a base de sua elegância. Com efeito, ele era um jogador inveterado. Não precisamos examinar se ele tinha encontrado no seu organismo, ou nas tendências da sociedade que observava, essa audácia do desconhecido e essa sede de aventuras que produz os jogadores e os piratas; mas o que é certo é que a sociedade inglesa é ainda mais ávida de emoções que de guinéus, e que não se domina uma sociedade a não ser que se abracem as suas paixões. Além das perdas no jogo, uma outra razão, ao que parece, para o declínio de Brummell, foi sua discórdia com o príncipe que ele tinha amado e que tinha sido, por assim dizer, o único cortesão de suas relações. O Regente começava a envelhecer. A obesidade, esse pólipo que sequestra a beleza e mata-a lentamente em seus flácidos abraços, a obesidade tinha-o tomado, e Brummell, com sua implacável zombaria e com esse orgulho de tigre que o sucesso inspira aos corações, tinha algumas vezes zombado dos esforços de coquete impotente para reparar os desgastes do tempo que comprometiam o Príncipe de Gales. Como havia, em Carlton House, um serviçal de uma corpulência monstruosa que tinha sido apelidado de *Big Ben* (o Grande-Ben), Brummell transferiu o apelido do valete para o amo. Além disso, ele chamava a Senhora Fitzherbert de *Benina*. Essas audaciosas brincadeiras não poderiam deixar de calar fundo nessas almas vaidosas, e a Senhora Fitzherbert não foi a única das mulheres que cercavam o príncipe herdeiro a se ofender com as liberdades da ironia de Brummell. Essa foi, para dizê-lo de passagem, a causa real da desgraça que atingiu subitamente o grande Dândi. A história da campainha, contada inicialmente para explicá-la, é, ao que parece, apócrifa.[40] O Sr. Jesse apoia-se, para rejeitá-la, não apenas na negativa de Brummell, mas também na vulgar impudência (*the vulgar impudence*) que ela revela, e ele tem razão; pois a impudência existia, muito frequentemente, no Dândi, mas a vulgaridade nunca. De resto, um fato isolado, por mais expressivo que seja, não vale, para motivar uma desgraça, os cem mil golpes viperinos de dardo lançados por Brummell, da sua mais sutil maneira, contra as afeições do Regente. O que o marido de Caroline de Brunswick tinha tolerado, o amante da Senhora Fitzherbert, de Lady Conyngham, não deveria suportar[41]. E ainda que tivesse suportado que o favorito ofendesse impunemente os favoritos, se o Príncipe fosse atacado em sua pessoa física, seu verdadeiro *eu*, não seria sem ressentimento que ele receberia o ataque. O "quem é aquele gordo?", dito publicamente por Brummell, no Hyde Park, para designar Sua Alteza Real, e uma série de outras frases semelhantes, explicam tudo, e muito melhor do que uma negligência das convenções, justificada, de resto, por uma aposta.

Mas nem o distanciamento rancoroso do Príncipe, nem o revés no jogo, tinham ainda, nesse momento (1813), abalado a posição de Brummell. A mão que tinha servido para elevá-lo não tinha, ao ser retirada, feito caí-lo, e a opinião dos salões continuara a ser-lhe fiel. Não foi o bastante. O Regente viu com amargura um Dândi semi-arruinado lutar altivamente e com força contra ele, o homem mais elevado da Grã-Bretanha. Anacreonte-Arquíloco Moore, que nem sempre escrevia em papel azul-celeste, e cuja ira irlandês sabia encontrar às vezes a palavra que melhor fere, colocava na boca do Príncipe de Gales essas palavras dirigidas ao Duque de York e citadas por toda parte: "Jamais tive ressentimento ou vontade de prejudicar a ninguém, exceto, agora que penso nisso, ao *beau* Brummell, que me ameaçou, encolerizado, no ano passado, de me fazer voltar para o nada, e de introduzir, no meu lugar, na *fashion*, o velho rei George". Essas linhas ofensivas não davam razão à seguinte frase, dita pelo rei dos Dândis, a propósito do Dândi real, ao coronel Mac-Mahon? – "fiz com que se tornasse o que é, posso muito bem fazer com que volte a ser o que era". E não provava ela, sem qualquer dúvida, o quanto o poder de opinião que exercia esse Warwick da elegância pertencia-lhe de direito próprio e a que ponto ele era independente e soberano? Uma outra prova ainda mais notável desse poder foi dada, nesse mesmo ano de 1813, pelos diretores do clube Watier, os quais, na preparação de uma festa solene, colocaram em dúvida se convidariam o Príncipe de Gales, unicamente por causa de sua desavença com G. Brummell. Foi preciso que Brummell, que sabia infundir impertinência até nas suas generosidades, insistisse fortemente para que o Príncipe fosse convidado. Sem dúvida alguma, agradava-lhe muito ver em seu território (uma vez que pertencia ao Clube) o anfitrião que ele não via mais em Carlton House e proporcionar a si mesmo esse face a face em presença de toda a juventude dourada da Inglaterra; mas o Príncipe, mostrando-se, nesse encontro, indigno de si mesmo, esquecendo suas pretensões de cavalheiro consumado, não se lembrou nem mesmo dos deveres que a hospitalidade impõe àqueles que a recebem, e Brummell, que esperava confrontar Dandismo com Dandismo, reagiu ao gesto de hostilidade com essa elegante frieza que carregava consigo como uma armadura e que o tornava invulnerável[42].

Dentre todos os clubes da Inglaterra, era precisamente nesse clube Watier que mais dominava o furor da jogatina. Ocorriam aí os mais terríveis escândalos. Ébrios de vinho do Porto aromatizado com gengibre, esses enfastiados, devorados pelo enfado, acudiam cada noite ao clube para aliviar o mortal tédio de sua vida e agitar seu sangue de normando – esse sangue que não reflui senão quando se bebe ou se saqueia, ao arriscar, num lance de dados, as fortunas mais magníficas. Brummell, como vimos, era o astro desse famoso clube. Ele não teria sido se não tivesse mergulhado profundamente no jogo e nas apostas que aí se faziam. Na verdade, ele não era nem mais nem menos jogador do que todos os que se agitavam nesse encantador Pandemônio em que se perdiam somas imensas com a indiferença perfeita que, nessas ocasiões, era para os Dândis o que era a graça para os gladiadores que eram derrotados no Circo. Muitos, nem mais nem menos do que ele, experimentaram em todos os sentidos a sorte comum; mas muitos também puderam afrontá-la por mais tempo. Embora hábil, graças ao sangue frio e ao hábito, ele nada podia contra o acaso que deveria ofuscar o sucesso de sua vida pela pobreza de seus últimos dias. Em 1814, os estrangeiros chegados a Londres, os oficiais russos e prussianos dos exércitos de Alexandre e de Blücher, reduplicaram a conflagração do jogo entre os ingleses. Foi, para Brummell, o momento terrível do desastre.

Havia em sua glória e em sua posição um aspecto aleatório pelo qual uma e outra deveriam escapar. Como todos os jogadores, insistiu em ir contra a sorte e foi vencido. Recorreu aos usurários e arruinou-se com os empréstimos: foi dito, inclusive, que com certa dignidade; mas nada de preciso foi apurado a respeito. O que teria podido autorizar alguns ruídos, talvez, é que ele era dotado das perigosas qualidades que se destacam, pela pose, até na baixeza[43], e das quais às vezes abusou. Assim, por exemplo, as pessoas se recordavam de tê-lo visto aceitar, nas penúrias dos últimos tempos, uma soma bastante considerável de alguém que desejava figurar entre os Dândis, invocando o homem que reconheciam como seu mestre. Mais tarde, quando o dinheiro foi cobrado na presença de um numeroso círculo, Brummell respondera tranquilamente, ao importuno credor, que a soma já lhe tinha sido devolvida: "Devolvida! Quando?", dissera o credor, surpreso; e Brummell respondera com sua inefável maneira: "Mas claro, quando eu estava à frente da janela de White e lhe disse, a você que por ali passava: 'Jemmy, como vai você?'". Uma resposta dessas fazia com que a graça se elevasse à altura do cinismo, e não são necessárias muitas desse estilo para que os homens que as ouvem desistam de recorrer aos puros fatos.

De resto, a hora na qual não se existe mais para ninguém, a hora da desgraça, iria soar para

Brummell. Sua ruína estava consumada; ele o sabia. Com sua impassibilidade de Dândi, tinha calculado, relógio à mão, o tempo que devia permanecer no campo de batalha, no teatro dos mais admiráveis sucessos que um homem do mundo jamais tivera, e ele resolvera não expor aí a humilhação que vinha após a glória. Fez como esses orgulhosos coquetes que preferem deixar aqueles de que ainda gostam do que serem deixados por quem não gosta mais deles. Em 16 de maio de 1816, após ter ceado um frango encomendado ao clube Watier, bebeu uma garrafa de *bordeaux*[44] – Byron tinha bebido duas quando reagiu ao artigo da *Revista de Edimburgo*, com sua sátira aos *bardos ingleses e aos críticos escoceses*[45] – e escreveu, sem esperança e sem emoção, como um homem arruinado tenta a sorte, esta carta que já citamos:

"Meu caro Scrope, envie-me duzentas libras. O banco está fechado e todos os meus fundos estão empatados a três por cento. Devolver-lhe-ei este dinheiro amanhã de manhã. Sempre seu.

George Brummell".

Scrope Davies responde-lhe imediatamente com este bilhete, espartano no laconismo e na amizade:

"Meu caro Georges, é muito lamentável; mas todos os meus fundos também estão empatados no três por cento. Sempre seu.

Scrope".

Brummell era demasiado Dândi para se ofender com um bilhete desses. Não era o tipo de homem, como diz espirituosamente o Sr. Jesse, que fosse capaz de dar lição de moral numa questão como essa. Ele jogara – por gostar de jogar, quanto se tratava de tomar decisões, com o acaso – uma folha na água e a água a levava! A resposta de Scrope era de uma secura cruel; mas não era vulgar. De Dândi para Dândi, a honra ficava, portanto, sã e salva. Brummell vestiu-se estoicamente e naquela mesma noite apareceu na Ópera. Portou-se aí como a Fênix sobre a pira, mas ainda mais belo, pois sentia que não renasceria das cinzas. Quem teria dito, olhando-o, que se tratava de um homem destruído? Após a ópera, o carro que tomou era um fiacre de posta. No dia 17, estava em Douvres, e no dia 17 tinha deixado a Inglaterra. Alguns dias após a partida, foi vendido *by auction* [em leilão] e por ordem do magistrado de Middlesex, o elegante mobiliário do Dândi (*man of fashion*), que "havia viajado para o continente", como dizia o livro de registro da venda. Os compradores era o que havia de mais na moda em Londres e de mais distinto na aristocracia inglesa. Contavam-se entre eles o Duque de York, os Lordes Yarmouth e Besborough, Lady Warburton, sir H. Smyth, sir H. Peyton, sir W. Burgoyne, os coronéis Sheddon e Cotton, o general Phipps, etc., etc. Todos queriam, e pagaram, como ingleses que têm um desejo, essas relíquias preciosas de um luxo extinto, esses objetos consagrados pelo gosto de um homem, essas frágeis coisas fungíveis, meio desgastadas, que tinham sido tocadas e parcialmente usadas por Brummell. Aquilo pelo qual mais pagou essa sociedade opulenta, para a qual o supérfluo se tornara o necessário, foi precisamente o que tinha menos valor em si, as bugigangas (*the knick-knacks*) que não existem senão pela mão que as escolheu e pelo capricho que as fez nascer. Brummell passava por ter uma das maiores coleções de tabaqueiras que existiu na Inglaterra. Foi aberta uma na qual se lia, escrito por sua mão: "Esta caixa seria destinada ao Príncipe Regente, se ele tivesse se portado melhor comigo". A naturalidade duma frase como essa a torna ainda mais impertinente. Só as fatuidades de espécie inferior são desprovidas de simplicidade.

Chegado a Calais, "este asilo dos ingleses endividados", Brummell tentou encobrir o exílio. Tinha levado, na fuga, alguns restos da magnificência passada, e esses restos de uma fortuna inglesa eram quase uma fortuna na França. Alugou, de um livreiro da cidade, um apartamento que mobiliou com suntuosa fantasia, de maneira a lembrar o aposento da rua Chesterfield Street ou os salões da rua Chapel, em Park Lane. Seus amigos, se é que se pode usar uma palavra tão sincera, pois os amigos de um Dândi são sempre um pouco os sigisbéus da amizade, se encarregaram das despesas de sua vida, que conservou por muito tempo um certo brilho. O Duque e a Duquesa de York, com os quais ele tinha se ligado mais estreitamente desde a sua ruptura com o príncipe de Gales, o Sr. Chamberlayne e muitos outros, naquele momento e mais tarde, vieram muito nobremente em socorro do infeliz *Beau*, mostrando, assim, e mais eloquentemente do que nunca, a força da impressão que ele tinha exercido sobre todos os que o tinham conhecido. Ele foi financeiramente subsidiado pelos homens que havia encantado, tal como o são às vezes um escritor, um orador político, pelos partidos cujas opiniões representam. Essa liberalidade, que não carrega nenhuma ideia degradante nos costumes ingleses, não era nova. Chatham não tinha recebido uma soma considerável da velha Duquesa de Marlborough, por um discurso de oposição, e o próprio Burke, que não tinha a grandeza de Chatham e que era bombástico tanto no domínio da virtude quanto no da eloquência, não aceitara do ministro, o marquês de Rockingham, uma propriedade que o tornara elegível para o Parlamento? O que era novo era a própria causa dessa liberalidade. As pessoas se mostravam reconhecidas por um prazer sentido, como se fora um serviço prestado, e tinham razão, pois o maior serviço a ser prestado às sociedades entediadas não é o de lhes dar um pouco de prazer?

Mas houve algo ainda mais surpreendente do que esse exemplo de um reconhecimento sempre raro. A influência do Dândi não estava, como consequência de sua ausência, extinta: ela sobreviveu à sua partida. Os salões da Grã-Bretanha continuaram ocupando-se com o Brummel exilado da mesma maneira de antes, ditando suas sentenças a esse mundo que se submete quando se o ama, mas que esmaga quando dele se foge. A atenção pública atravessou a névoa, transpôs o mar e foi alcançá-lo na outra margem, nessa cidade estrangeira em que ele tinha se refugiado. A *fashion* fez muitas peregrinações a Calais. Aí foram vistos os Duques de Wellington, de Rutland, de Richmond, de Beaufort, de Bedford; os Lordes Sefton, Jersey, Willoughby d'Eresby, Craven, Ward e Stuart de Rothsay. Tão soberbo quanto em Londres, Brummell conservou os hábitos de sua vida exterior. Um dia, Lorde Westmoreland, passando por Calais, mandou dizer que ficaria honrado em recebê-lo para jantar e que o jantar seria servido às três horas. O *Beau* respondeu que jamais jantava a essa hora e rejeitou o convite de Sua Senhoria. Ele vivia, de resto, de acordo com a monótona rotina dos ingleses ociosos que residiam no continente, e numa solidão perturbada apenas pelas visitas de seus compatriotas. Embora não afetasse altivez aristocrática ou misantrópica, sua cortesania assumia um ar de importância que não agradava muito os homens que o acaso tinha aproximado dele; ele permanecia estrangeiro pela língua[46], e o era mais pelos hábitos de seu passado. Um Dândi é mais insular que um inglês; pois a sociedade de Londres assemelha-se a uma ilha numa ilha e, por outro lado, não é preciso ser muito desenvolto para nela parecer distinto. Entretanto, apesar de sua reserva um pouco orgulhosa[47], ele resistia menos aos avanços quando eram feitos sob as aparências de um bom jantar. Seu amor pela mesa, fino como uma preferência e exigente como uma paixão, tinha sempre sido um dos aspectos mais desenvolvidos de seu sibaritismo. Essa sensualidade, bastante comum entre os homens de espírito, tornava sua vaidade menos intratável; mas seu incomparável aprumo cobria tudo. "Quem é esse que o cumprimenta, Sefton?", perguntava ele a Lorde Sefton numa praça pública; e era o honesto provinciano na casa do qual, ele, Brummell, almoçara naquele mesmo dia, que o cumprimentava.

Morou em Calais por muitos anos. Sob o verniz dessa vaidade sempre engalanada, ele provavelmente ocultava muitas dores. Entre todas as outras, houve também as que diziam respeito à mente. Com efeito, homem da conversação, acima de tudo, ela tinha se tornado impossível para ele[48]. Seu espírito, que tinha necessidade de se inflamar com a chama do espírito de outrem, ficava sem recursos. Dolorosa angústia, que sentiu também a Senhora de Stäel! O pensamento de que seu nome ainda ressoava em Londres, de que os mais graciosos desse mundo que ele não mais habitava vinham, de tempos em tempos, trazer-lhe alguma lembrança, misturada a uma curiosidade imperecível, não bastava para compensá-lo pelo que perdera. Mas quando a vaidade de um dândi sofre, ela é quase orgulho; ela se torna muda como a vergonha. Quem considerou isso no homem frívolo? Não sabendo talvez como ocupar faculdades doravante inúteis, ele se lançou numa correspondência com a Duquesa de York, para a qual pintou um quadro bastante complicado e para o qual inventou as figuras. Em Belvoir, em Oatlands, por toda parte, o Duque e a Duquesa de York tinham-no cumulado de favores; mas, desde a traição da fortuna, a Duquesa lhe demonstrara um sentimento que lança um reflexo de séria ternura nessa vida brilhante e árida[49]. Brummell jamais esqueceu isso; parece inclusive que, sem a amizade da Duquesa de York, à qual ele prometera não revelar o que ele sabia da vida íntima do Regente, ele teria escrito suas *Memórias* e teria, assim, refeito sua fortuna; pois os editores de Londres propuseram-lhe somas enormes em troca de suas indiscrições. De resto, esse silêncio tão delicado, quer a Duquesa tenha-lhe pedido para guardar, quer ele o tenha guardado por sua própria iniciativa, não tocou muito o coração do profundo egoísmo de George IV. É verdade que, quando atravessou Calais, para ir visitar seu reino de Hanover, ele deixou, com a indolência de uma alma indiferente, que fossem arranjadas as condições, em seu entorno, para uma reconciliação; mas Brummell não se prestou senão à metade dessas combinações oficiosas. Como *a vaidade não nos larga nunca, nem quando estamos na roda da tortura*, ele não queria solicitar audiência ao Príncipe, que não passava de um Dândi muito inferior, aos seus próprios olhos, ao que ele era. Estando por acaso num local por onde passava George, permaneceu onde estava, em atitude de penoso constrangimento. O antigo conviva de Carlton House olhou-o sem o tipo de emoção que se tem ao rever um amigo da juventude, sem essa sorridente nostalgia do passado, simples poesia para uso dos mais vulgares. Num outro momento, como lhe fora oferecida uma tabaqueira que ele reconheceu como tendo feito parte da famosa coleção de Brummell, perguntou quem lhe tinha presenteado e marcou a hora da recepção para o dia seguinte. Que teria ocorrido se ele o tivesse visto? O *Rei de Calais*, como Brummell era chamado, voltaria a reinar em Londres? Mas, no dia seguinte, como os despachos tinham obrigado George IV a adiantar a sua partida, Brummell foi completamente esquecido. Seu pouco interesse tinha sido, no mínimo, igual à indiferença do Príncipe. Quando nos colocamos do ponto de vista da política da vida, era um equívoco esse indolente desdém por qualquer avanço nas relações com o rei da Inglaterra, mas sem esse equívoco, ele teria sido menos Brummell[50].

Depois disso, George IV não voltará nunca a falar do Dândi entrevisto em Calais; ele caiu no entorpecimento das lembranças. Brummell não se queixou; conservou o firme e discreto silêncio que é o bom gosto do orgulho. Entretanto, os acontecimentos que se seguiram teriam motivado, num espírito mais fraco, muitas recriminações. Em muito pouco tempo, esgotaram-se os seus recursos da Inglaterra, vieram as dívidas, a miséria também. Estava começando a descer essa escadaria do exílio na pobreza de que fala Dante, ao fim da qual deveria encontrar a prisão, a esmola e um hospício onde morrer. A mão que o deteve ainda nos primeiros degraus dessa horrível escadaria foi uma mão real, a mão de Guilherme IV, cujo governo criou, para ele, um cargo de cônsul em Caen. Escassamente remunerado no início, acabou por deixar de sê-lo inteiramente; extinguiu-se em virtude da incapacidade[51] desdenhosa de Brummell a assumi-lo[52]. Mais tarde, acabou por ser-lhe retirado. Os governos que deveriam classificar os homens pretendem já terem feito muito por eles ao colocarem-nos em postos que vão contra a sua vocação? O tempo que Brummel passou em Caen foi uma das fases mais longas de sua vida. A nobreza dessa cidade demonstrou, pela acolhida que lhe deu e pela consideração da qual o cercou, que os ancestrais dos ingleses eram normandos. É possível que isso o tenha confortado, mas não o poupou das angústias que afligiram seus últimos dias. O Sr. Jesse fez uma descrição dessas humilhações, dessas dores: quanto a nós, nos calaremos. Para que descrevê-las? É do Dândi que se trata, de sua influência, de sua vida pública, de seu papel social. Que importa o resto? Quando se está morrendo de fome, deixam-se as afetações da sociedade, qualquer que ela seja, e se entra na vida humana: deixa-se de ser Dândi[53]. Deixemos isso de lado. Façamos, entretanto, essa justiça a Brummell: ele foi Dândi, melhor do que qualquer outro, também na pobreza e na fome. A faculdade que nele dominava permaneceu por muito tempo de pé sobre as ruínas de sua vida. As outras, que não existiam senão para sustentar aquela e com ela harmonizando-se, em nada contribuíram para a sua glória e muito pouco para a sua felicidade. Ele era, pois, poeta. Ele tinha em si o grau exato de imaginação necessário a um homem cuja vocação é a de agradar; mas o que deixou de poesias, notável para um Dândi, não seria suficiente para torná-lo célebre como escritor[54]. Não temos, pois, por que nos ocupar com isso. Neste estudo de alguém tão especial à sua maneira, tudo o que não é a vocação em si mesma, o dedo de Deus sobre a inteligência, deve ser deixado de lado.

XII

Sabe-se agora qual foi essa vocação e como ele a cumpriu. Ele nascera para reinar por meio de faculdades muito positivas, embora Montesquieu, num dia de mau humor, as tenha chamado de *não sei o quê* em vez de mostrar em que consistiam. Foi por meio delas que ele superou a sua época. Como teria dito o príncipe de Ligne, "ele foi rei pela graça da Graça"; mas ao preço, que pesa sobre todos nós, que estamos em busca de influência, de aceitar os preconceitos da época e, inclusive, até certo ponto, os seus vícios. Triste confissão a ser feita para os castos amigos da verdade em todas as coisas: se a sua graça tivesse sido mais sincera, não teria sido forte; não teria seduzido e cativado uma sociedade à qual faltava naturalidade. É de se perguntar a que grau de civilização refinada, de corrupção secreta, a sociedade inglesa tinha, com efeito, chegado, para que haja uma frase profunda e justa como essa, dita a propósito de alguém que era Dândi como Brummell: *Era demasiadamente detestado para que não fosse cortejado*[55]. Não identificamos aí a necessidade de serem batidas que experimentam, às vezes, algumas mulheres fortes e dissolutas? Será que a graça simples, ingênua, espontânea, seria um estimulante suficientemente forte para comover esse mundo farto de sensações e afogado por preconceitos de todo tipo? Se uma pessoa se limitasse a ser ela mesma, o que seria então? Seria notada apenas por alguns indivíduos de elite que se mantêm sãos e grandes[56]; trata-se, infelizmente, de um público incerto. Ora, as pessoas são vaidosas: elas querem a aprovação dos outros; movimento encantador do coração humano que caluniou demais a si próprio. Essa é, talvez, toda a explicação das afetações do Dandismo, que não seria, portanto, definitivamente, senão a graça que falseia a si própria para ser mais bem percebida numa sociedade falsa[57], no sentido de que o natural, embora bastante comprometido, não há como negar, é imperecível.

Dissemos, no início deste escrito, que no dia em que a sociedade que produziu o Dandismo se transformasse, não haveria mais Dandismo; e também como, apesar de estar presa a velhos costumes, numa relação que se parece com uma fatal escravidão, a aristocrática e protestante Inglaterra modificou-se bastante nos últimos vinte anos, já quase não sendo mais senão a tradição de uma época. Quem o teria acreditado, ou melhor, quem teria podido não prevê-lo? Essa modificação deu-se no sentido de um invariável declínio. Vítima de sua vida histórica, a Inglaterra, após ter dado um passo em direção ao futuro, voltou a acomodar-se no passado. Por mais longe que navegue no mar do tempo, ela jamais rompe inteiramente, tal como o *corsário*[58] de seu maior poeta, a cadeia que a prende à margem. Para ela, que retém tudo, que conserva tudo, *marble to retain*[59], o hábito sujeita de uma estranha maneira. Para ela, a sétima pele da serpente assemelha-se sempre à primeira de que ela se desfez. Acreditamos, por um instante, que o rastro daquilo que não existe mais tenha desaparecido: escrevemos sobre esse palimpsesto e basta uma circunstância qualquer para que aquilo que acreditávamos ter sido apagado ressurja, legível, firme, evidente. Hoje, o Puritanismo, contra o qual o Dandismo, com as flechas de sua sutil ironia, encetou uma guerra parta[60], fugindo em vez de atacar frontalmente, esse Puritanismo, ferido, reergue-se e trata suas feridas. Após Byron, após Brummell, esses dois grandes espirituosos de tão diferentes tipos, mas talvez de igual influência, quem não teria acreditado estar esgotada a velha moralidade anglicana? Mas não, ela não está. O *cant* indefectível, imortal, venceu novamente. À amável fantasia não resta senão lançar seu sangue feito de essência de rosas em direção ao céu. Ela sucumbe em virtude da obstinada natureza desse povo indomavelmente apegado aos hábitos, da falta desses grandes escritores que eletrizam as imaginações e lhes transmitem todas as audácias[61], e, enfim, da influência, sobre a alta sociedade, de uma jovem rainha[62] que tem a afetação do amor conjugal, tal como Elizabeth tivera a da virgindade. Que melhores fontes de hipocrisia e de tédio? O metodismo, que trocara a moral pela política, troca agora a política pela moral. Um poeta, um homem de estirpe, como Lorde Manners, que deve ao nascimento a coragem espontânea de ter uma opinião independente, assim como se poderia esperar de seu talento uma inspiração verdadeira, não acaba de publicar um volume de poesias em homenagem à Igreja oficial da Inglaterra? Shelley, o ateu, não teria nem mesmo a segurança do exílio. O liberalismo de ideias, que o tinha como um raio da inteligência de seus maiores homens, nesse país do farisaísmo altivo, da convenção cristalizada e mentirosa, não brilhou mais que um passageiro instante, e reina ainda do fundo de seu sepulcro caiado. Tudo está acabado, tudo está morto, nessa bela sociedade da qual Brummell foi o ídolo, porque ele era a sua expressão nas coisas do mundo, nas relações de puro prazer. Um Dândi como Brummell não se verá mais; mas pode-se dizer que homens como ele, inclusive na Inglaterra, não importa de que libré o mundo o vista, sempre existirão. Eles demonstram a magnífica variedade da obra divina: são eternos como o capricho. A humanidade tem tanta necessidade deles e de seus encantos quanto de seus maiores heróis, de suas mais austeras grandezas. Eles dão a criaturas inteligentes o prazer ao qual têm direito. Assim como outros homens fazem parte da moralidade das sociedades, eles o fazem de sua felicidade. Naturezas duplas e múltiplas, de um sexo intelectual indeciso, nas quais a graça é mais graça ainda na força, e nas quais a força encontra-se também na graça; Andróginos da História, não mais da Fábula, dos quais Alcibíades foi o mais belo exemplar na mais bela das nações.

Notas

As notas não assinaladas com "N.T." (nota do tradutor) são do próprio autor.

[1] Plural, *beaux*. Literalmente, "belo". Era como, anteriormente, chamavam-se os dândis (N.T.).

[2] Batalha dos Trinta: nome de um enfrentamento entre ingleses e bretões, em 26 de março de 1351, parte do conflito pelo domínio do Ducado da Bretanha, narrado num poema homônimo (N.T.).

[3] Trata-se do *penúltimo* historiador de Brummell.

[4] D'Aurevilly planejava escrever, tendo como modelo *O Príncipe*, de Maquiavel, um *Tratado da Princesa*, "manual de sedução para uso das mulheres dândis" (N.T.).

[5] Enganam-se, todos, a esse respeito, até mesmo os ingleses! Recentemente, o Sr. Thomas Carlyle, o autor de *Sartor resartus* [O alfaiate remendado], não se sentiu obrigado a falar do Dandismo e dos Dândis num livro que intitula *A filosofia do vestuário* (*Philosophy of clothes*)? Mas Carlyle desenhou uma gravura de modas com o lápis ébrio de Hogarth e declarou: "Isso é o Dandismo!". Nem sequer é caricatura, pois a caricatura tudo exagera e nada suprime. A caricatura é o exagero exasperado da realidade, e a realidade do Dandismo é humana, social e espiritual... Não se trata de um traje que anda por si só! Pelo contrário! É uma maneira de vesti-lo que cria o Dandismo. Não se pode ser Dândi com um traje amarrotado. Lorde Spencer o foi com um traje que só tinha uma falda. É verdade que ele a cortou e dele fez essa coisa que, desde então, leva o seu nome. Um dia, dá para acreditar?, os Dândis chegaram a ter a fantasia do *traje lixado*. Isso ocorreu precisamente durante o reinado de Brummell. Estavam no auge da impertinência e não conseguiam mais se conter. Descobriram que era muito *dândi* (não conheço outra palavra para exprimi-lo) mandar lixar seus trajes,

antes de usá-los, em toda a extensão do tecido, até que não fosse mais que uma espécie de renda – uma gaze. Eles queriam andar vestidos de gaze, esses deuses! Era uma operação bastante delicada e demorada e, para isso, utilizava-se um pedaço de vidro afiado. Eis aí um verdadeiro ato de Dandismo. O traje pouco importa. *Praticamente*, ele não *existe*.

Eis aqui um outro: Brummell vestia luvas que moldavam suas mãos como uma musselina umedecida. Mas o dandismo não era a perfeição dessas luvas que, tal como a carne, adquiriam o contorno de suas unhas; o que constituía um ato de dandismo era que elas tivessem sido feitas por quatro artistas especiais, três para a mão e um para o polegar*. [*Tenho tanto desejo de ser claro e compreendido que arriscarei algo ridículo. Colocarei uma nota dentro de uma nota. O príncipe de Kaunitz, sem ser inglês (era austríaco), aproxima-se mais dos dândis– pela calma, pela indiferença, pela *frivolidade majestosa*, e pelo egoísmo feroz (ele dizia faustosamente: "Não tenho um amigo sequer!" e nem a morte nem a agonia de Marie-Thérése adiantaram a hora de seu despertar e abreviaram em um só minuto o tempo que dedicava a suas indescritíveis toaletes); o príncipe de Kaunitz não era um Dândi quando colocava um espartilho de cetim como a andaluza de Alfred de Musset, mas o era quando, para dar a seus cabelos a *tonalidade exata*, desfilava por uma série de salas cujo número e tamanho determinara previamente e nas quais criados munidos de borlas se postavam à espera para empoá-lo à exata medida que ele passava!"]
Thomas Carlyle, que escreveu um outro livro, intitulado *Os heróis*, e que nos deu o Herói Poeta, o Herói Rei, o Herói Homem de Letras, o Herói Sacerdote, o Herói Profeta e até mesmo o Herói Deus, poderia nos ter dado o Herói da Elegância Ociosa, o Herói Dândi, mas esqueceu-se de fazê-lo. De resto, o que ele diz, em *Sartor resartus*, dos Dândis em geral, aos quais aplica a palavra depreciativa "seita" (*Dandiacal sect*), demonstra bastante bem que, com seu olhar confuso de alemão, o Jean-Jacques inglês nada percebeu

dessas nuances precisas e frias de que se *constituiu* Brummell. Falou dele com a profundidade desses pequenos historiadores franceses que, nas revistas tolamente graves, julgaram Brummell mais ou menos como o teriam feito os sapateiros ou os alfaiates aos quais ele não se dignou fazer encomendas. Dantans de cinco centavos, que talharam seu falso busto à canivete, num sabonete de Windsor que ninguém desejaria sequer para o banho!

6 Quanto a escritoras, ela também produz mulheres como a Srta. Edgeworth, como a Srta. Aikin, etc. Ver, dessa última, as *Memórias* sobre Elizabeth: estilo e opiniões de uma pedante e de uma pudibunda, sobre uma pudibunda e sobre uma pedante.

7 Inútil insistir no tédio que devora o coração da sociedade inglesa, e que lhe dá, sobre as sociedades que esse mal devora, a triste superioridade das corrupções e dos suicídios. O tédio moderno é filho da análise; mas a esse tipo de tédio, senhor de todos nós, junta-se, no caso da sociedade inglesa, a mais rica do mundo, o tédio romano, filho da saciedade, o qual, se a média proporcional das sociedades fosse composta de espíritos mais fortes, faria multiplicar o número dos Tibérios em Capri, sem contar o império.

8 Veja-se nos jornais americanos o entusiasmo inspirado pela Senhorita Essler nos descendentes dos puritanos da velha Inglaterra: uma perna de dançarina que fez girar os *Roundheads*[*]. [* Cabeças-redondas, em inglês, no original: puritanos que apoiavam o Parlamento durante a Guerra Civil inglesa (1642-1648). (N.T.).]

9 Mas nem sempre. O que são, por exemplo, as *Memórias* de Wraxall? E, não obstante, que outro homem esteve, alguma vez, mais bem posicionado do que ele para observar?

10 As maneiras são a fusão dos movimentos do espírito e do corpo, e movimentos não se pintam.

11 Trata-se do capitão Jesse, o qual publicou dois grandes volumes *in-octavo* sobre Brummell e que, antes de torná-los públicos, colocou à nossa disposição, com perfeita cortesia, as informações que possuía sobre o famoso Dândi.

[12] Amédée Renée, em sua introdução às *Cartas de Lorde Chesterfield*, Paris, 1842.

[13] *London and Westminster Review.*

[14] "De nada se admirar". Máxima extraída das *Cartas* (I, 6) de Horácio: *Nil admirari prope res est una, Numici, / solaque, quae possit facere e servare beatum.*
De nada se admirar, é a única maneira, Numiel, / De ser e continuar feliz (N.T.).

[15] O Dandismo introduziu a calma antiga no interior das agitações modernas; mas a calma dos Antigos vinha da harmonia de suas faculdades e da plenitude de uma vida livremente desenvolvida, enquanto a calma do Dandismo é a pose de um espírito que deve ter se debatido com muitas ideias e que está demasiadamente enfastiado para se animar. Se um Dândi fosse eloquente, ele o seria à maneira de Péricles: os braços cruzados sob o casaco. Veja-se a deslumbrante, impertinente e muito moderna atitude do Pirro de Girodet, ouvindo as imprecações de Hermione. Isso – mais do que tudo o que está aqui escrito – faz com que se compreenda melhor o que quero dizer.

[16] E não existe apenas na Inglaterra. Quando, na Rússia, a princesa de Aschekoff não colocava ruge, fazia um gesto de Dandismo, e talvez exageradamente, pois era um gesto da mais escandalosa independência. Na Rússia, ruge quer dizer bonito e, no século XVIII, os mendigos, nas esquinas, se não tivessem colocado ruge, não se atreviam a pedir esmolas.

Sobre essa mulher, veja-se Rulhière, um escritor imbuído de Dandismo até no traço de sua pena – Rulhière, *profundamente mordaz*. Se a história não passasse de uma anedota, quão bem ele a escreveria!

[17] Nome odioso dado a toda uma ordem de preocupações no fundo bastante legítimas, uma vez que correspondem a necessidades reais.

[18] *Esquire* – literalmente, "escudeiro", abreviado como Esq., era, na hierarquia social britânica, um título aplicado a pessoas pertencentes à pequena nobreza (N.T.).

[19] O autor afrancesa, aqui, como *conversationniste*, a palavra inglesa *conversationist*. Fiz o mesmo no português (N.T.).

[20] *Buck* significa macho, em inglês; mas não se trata da palavra, que é intraduzível, mas do sentido.

[21] Para os míopes, ele era um modelo de Dandismo, mas para os que não se contentam com aparências, ele não era um Dândi, da mesma maneira que uma mulher bem arrumada não é uma mulher elegante.

[22] A afetação produz a aridez. Ora, um Dândi, ainda que tenha suficiente bom tom para não ser simples, é sempre um pouco afetado. É a afetação bastante refinada do talento bastante artificial da Senhorita Mars. Quem estivesse apaixonado, seria muito autêntico para ser Dândi. Alfieri jamais teria conseguido sê-lo, e Byron só o era em certos dias.

[23] Falou-se de Lady J....y, que – como se diz, com uma leviandade digna da coisa – teria feito *arder* o Regente. Mas Lady J....y continuou sendo sua amiga, e os amores que terminam em amizades são mais quiméricos do que aquelas formosas mulheres que terminam em rabo de peixe. Há um bom golpe de misericórdia dado pela mão de um poeta nas ilusões dos corações generosos e mortais: "Enquanto somos amantes, não somos amigos; quando não somos mais amantes, não somos nada amigos".

[24] Em inglês, no original. Palavreado afetado, vazio e hipócrita. Associado, aqui, à mentalidade puritana e moralista (N.T.).

[25] Há um único inglês que pode utilizar-se dessa palavra. Na França, a originalidade não tem acolhida; tudo lhe é proibido; é odiada como uma distinção nobiliárquica. Ela indispõe as pessoas medíocres, sempre prontas a uma dessas mordidas de gengiva – que não rasgam, mas sujam – naqueles que são *diferentes delas*. *Ser como todo*

mundo é o princípio equivalente, para os homens, do princípio pelo qual se enche a cabeça das moças com expressões tais como *seja educada, você deve* (das *Bodas de Fígaro*).

[26] Se houvesse, seríamos Dândi simplesmente pela observância da lei. Seria Dândi quem quisesse: bastaria simplesmente seguir uma prescrição. Desgraçadamente para os jovenzinhos, não é absolutamente assim que se passam as coisas. Há, sem dúvida, em matéria de Dandismo, alguns princípios e algumas tradições; mas tudo isso é dominado pela fantasia, e a fantasia não é permitida senão àqueles nos quais ela reside e que, ao exercê-la, consagram-na.

[27] Alusão ao teorema de Pascal: "Dado um hexágono, inscrito numa seção cônica, os pontos em que as continuações de quaisquer três pares de linhas que formem lados opostos se entrecortam formam uma linha reta" (N.T.).

[28] Todos bebiam, desde os mais ocupados até os mais ociosos, desde os lazarones de salão (os Dândis) até os ministros de Estado. *Beber como Pitt e Dundas* é uma frase que se tornou proverbial. Quando Pitt bebia, essa grande alma que o amor pela Inglaterra enchia, mas não saciava, era da variedade que tinha muita sede. Os homens fortes procuram frequentemente propiciar a si próprios alguma mudança, mas, infelizmente, nem sempre a natureza a admite.

[29] Possível alusão a uma passagem de John Locke (*Ensaio sobre o entendimento humano, I, 4*) em que relata um experimento supostamente realizado em Florença. Quando submetida à violenta pressão de um torno, parte da água que enchia um globo de ouro teria saído pelos "poros" do metal, comprovando, assim, que as partes de um líquido são tão resistentes quanto as de um sólido (N.T.).

[30] O único personagem histórico que foi grande sem ser simples.

[31] *Talon rouge*, no original. Calçar sapatos de salto vermelho era marca de nobreza na França dos séculos XVII e XVIII (N.T.).

[32] Como se fossem imponderáveis! Um Dândi pode empregar, se quiser, dez horas em sua toalete, mas, uma vez feita, ele a esquece. São os outros que devem se dar conta de que ele está bem arrumado.

[33] Sem sair do seu. Com efeito, há, na amabilidade, algo de muito ativo e de muito direto para que um Dândi seja perfeitamente amável. Um Dândi jamais tem preocupação e ansiedade a respeito de qualquer coisa. Se, portanto, pode-se arriscar dizer que Brummell foi amável em algumas noites, ele o foi porque o coquetismo dos homens poderosos pode ser muito medíocre e parecer irresistível. Eles são como as mulheres bonitas às quais nos sentimos agradecidos por qualquer coisa (isto é, quando somos homens).

[34] "Você é um palácio num labirinto", escrevia uma mulher, impaciente por olhar sem ver, e por procurar sem descobrir. Ela não suspeitava que com isso exprimia um princípio do Dandismo. Na verdade, não é *palácio* quem quer, mas sempre se *pode* ser *labirinto*.

[35] Ele não as lançava: simplesmente deixava-as cair. O espírito dos Dândis jamais estala ou brilha. Não tem os movimentos de mercúrio e de chama do espírito de um Casanova, por exemplo, ou de um Beaumarchais; pois, numa segunda ocasião, ele encontraria as mesmas palavras, só que diferentemente pronunciadas. Apesar de os Dândis representarem o capricho numa sociedade classificada e simétrica, eles também respiram, por mais que estejam preparados, o contágio do terrível puritanismo. Vivem nessa torre da Peste, que é uma habitação malsã. É por isso que tanto falam de dignidade. Eles pensariam talvez não tê-la, caso se deixassem entregar ao frenesi do espírito. Vivem sempre assentados sobre a ideia de dignidade como se fosse uma estaca, a qual, por mais flexível que seja, prejudica um pouco a liberdade dos movimentos e obriga a uma postura bastante rígida.

[36] Praticava muito bem a conversação para não deixar, muitas vezes, de permanecer em silêncio; mas esse silêncio não tinha a profundidade do silêncio de quem escrevia: "Olhavam para mim para saber se eu compreendia as suas ideias sobre não sei o quê e os seus julgamentos sobre não sei quem. Mas tomavam-me provavelmente por alguma mediocridade de salão, enquanto eu desfrutava da presumível opinião que tinham de minha pessoa. Pensei nos reis que gostam de observar os outros incognitamente". Essa solitária e

orgulhosa consciência de si deve ser desconhecida dos Dândis. O silêncio de Brummell era uma maneira a mais de causar efeito, era o coquetismo travesso dos seres que estão certos de que agradam e que sabem por qual lado se deve acender o fogo do desejo.

37 Os moralistas perguntarão insolentemente: "Sua felicidade foi do tipo dessa única felicidade do mundo que causa piedade?" E por que não?.. A vaidade satisfeita pode bastar, para a vida, tanto quanto o amor satisfeito. Mas o tédio?... Não, Meu Deus!, é a frágil palha que pulveriza a felicidade feita do mais duro aço. É o fundo de tudo, e para todos e, com maior razão, para uma alma de Dândi, para um desses homens dos quais se disse bastante inteligentemente, mas também bastante tristemente: "Eles reúnem ao seu redor todos os prazeres da vida, mas tal como uma pedra que atrai o musgo sem se deixar penetrar pelo frescor que a cobre".

38 Sentimento irlandês à parte, um poeta de papel machê rosa.

39 Houve d'Orsay. Mas d'Orsay, este *leão** no sentido da *fashion*, e que não era menos belo no sentido dos que têm o tipo de Atlas, d'Orsay não era um Dândi. Houve aí um equívoco. Ele era de uma natureza infinitamente mais complexa, mais ampla e mais humana que essa coisa inglesa. Já foi dito muitas vezes, mas é preciso repeti-lo incessantemente: a linfa, essa espécie de água parada que não produz espuma senão quando a Vaidade a agita, é a base fisiológica do Dândi, e d'Orsay tinha o sangue rubro da França. Era um nervoso sanguíneo, com costas amplas, o busto parecido com o de François I, e de uma beleza simpática. Tinha uma mão soberba sem ser soberba, e uma maneira de estendê-la que conquistava os corações e exaltava-os! Não era o *shake-hand* altivo do Dandismo. D'Orsay agradava tão naturalmente e tão apaixonadamente *todo mundo* que fazia com que até os homens carregassem seu medalhão, enquanto os Dândis só faziam com que carregassem o que vocês sabem, e *agradavam às mulheres desagradando-as*. (Não esquecer nunca esse detalhe quando se trata de julgá-los.) D'Orsay era, enfim, um rei de amável benevolência; ora, a benevolência é um sentimento

inteiramente desconhecido dos Dândis. Como eles, é verdade, ele possuía a arte da toalete, não deslumbrante, mas profunda, e é sem dúvida por essa razão que os Superficiais viram-no como o sucessor de Brummell; mas o Dandismo não é a simples arte brutal de usar uma gravata. Existem inclusive Dândis que jamais usaram uma. Exemplo: Lorde Byron, que tinha um colo tão bonito! Por outro lado, d'Orsay foi um artista. Com essa mão que *dava demasiadamente*, pois o coquetismo reina muito mais pelo que recusa do que pelo que concede, ele esculpia, não fazendo como Brummell, que pintava leques para rostos falsos e cabeças vazias. Os mármores deixados por d'Orsay foram pensados. Acrescentem a esse talento de escultor o fato de que ele esteve a ponto de chegar a ser escritor e que, com vinte e três anos, tinha merecido essa carta de Byron a Alfred D..., que se encontra nessas famosas *Memórias* em que a covardia de Moore substituiu os nomes por asteriscos e as anedotas picantes por reticências... (Homem amável esse Moore!). Embora fátuo, d'Orsay foi amado pelas mulheres mais *fátuas* de sua época. Não falamos das espontâneas: não há mais do que duas ou três dessas num século; de que serve falar delas? Ele chegou a inspirar uma paixão que durou e que continuará histórica. Quanto aos Dândis, não são amados senão por *espasmos*. As mulheres, que os detestam, nem por isso deixam de se dar muito bem com eles, e eles têm a sensação, que lhes custa muitas libras esterlinas, de estarem estreitando ódios em seus braços... Quanto a esse encantador duelo travado por d'Orsay – que se deu por ter arremessado um prato na cabeça do oficial que falava mal da Santíssima Virgem, tendo-se, depois, batido por ela, porque era mulher e ele não permitia que se faltasse com o respeito a uma mulher em sua presença –, o que pode haver de menos dândi e de mais francês?... [* "Leão" era, na época, sinônimo de dândi (N.T.).]

40 Esta é a história. Brummell teria, uma noite, durante uma ceia, e para ganhar a uma aposta extremamente desrespeitosa, dado a seguinte ordem ao príncipe de Gales: "George, faz soar a

campainha!", apontando-a. O príncipe, que obedeceu, teria dito, indicando Brummell, ao criado que entrou: "Leve esse bêbado para a cama".

41 A influência, e até mesmo os gracejos de Brummell, muito contribuíram para o distanciamento do príncipe de Gales em relação a Caroline de Brunswick. Sabe-se que essa famosa primeira noite de núpcias, em que o príncipe ficou estendido em um tapete junto à lareira, enquanto a jovem esposa esperava-o embaixo das plumas de avestruz do leito nupcial, tinha sido precedida de uma ceia com os Dândis. Esses homens positivos não gostavam do vaporoso sentimentalismo que se materializou um pouco depois, mas que Caroline já trazia da Alemanha em suas bagagens: e, de resto, ela era a esposa legítima no país da felicidade conjugal oficial e dos serviços de chá! Ora, o Dandismo, que gosta do imprevisto e detesta o pedantismo das virtudes domésticas, deve gostar mais de todas as infelicidades causadas pelas amantes do que da imperturbável felicidade pública do Lorde e da Lady Grey, por exemplo, tão glorificada pela Senhora de Staël. Os Dândis, que se defrontam com essas felicidades legais na Inglaterra, não têm e não podem ter as opiniões da Senhora de Staël, que quase não as encontrava nos salões de Paris. O que faz a poesia é a distância: é certamente preciso que a imaginação tenha sempre uma quimera a ser embalada; mas quando a mulher que se retratou em *Corinne*, que amou D..., que amou C..., que amou T... embala uma quimera, ela está menos na verdade do coração e da imaginação que os Dândis, e rebaixa a Senhora de Staël até que ela não passe da filha da Senhora Necker.

42 Seria melhor dizer "que fazia com que ele se acreditasse invulnerável". Mas o belo suspiro de lassidão de Cleópatra em Shakespeare: "Ah!, se tu soubesses o trabalho que dá carregar essa indiferença tão perto do coração como faço!" fica abafado no peito dos Dândis. Esses estoicos de toucador deixam que a máscara absorva o sangue que escorre e continuam com sua máscara. Para os Dândis, tal como para as mulheres, *parecer* é *ser*.

[43] Essas qualidades sempre impulsionaram os que a tiveram. Vejam, por exemplo, Henrique IV, o Duque de Orleães (o Regente), Mirabeau, etc. Henrique IV as tinha poucas, é verdade; mas o Regente tinha muitas e Mirabeau, muitíssimas. Mirabeau punha tanto orgulho em remexer a lama quanto tinha de graça e vivacidade em enfrentar as sujeiras. Não o vimos *espiritualizar* pontapés no traseiro?... e de qual pé?... do pé caprino de Dubois. Quanto a isso, esses profanadores de faculdades adoráveis são mais culpáveis do que Brummell; porque não se defrontavam, como ele, com uma sociedade puritana; o que explica todos os excessos e justifica muitos erros.

[44] Sistema fisiológico inglês. A coragem moral se determina da mesma maneira que a coragem física. Os ingleses são maus soldados quando mal alimentados. A glória de Wellington consistiu em ter sido sempre um excelente provedor.

[45] *English Bards and Scotch Reviewers* (1808): sátira em versos, escrita por Byron, ridicularizando poetas e críticos contemporâneos, em particular, o crítico da *Edinburgh Review* que, em fevereiro de 1808, havia publicado uma crítica negativa ao seu livro *Hours of Idleness, Horas de Ócio* (N.T.).

[46] Conhece-se a brincadeira de Scrope Davies, a qual Byron homenageou com um eco num de seus poemas: “Tal como Napoleão na Rússia, Brummell, em sua aprendizagem do francês, foi vencido pelos *elementos*”. É um exagero, mas trata-se de uma brincadeira. É verdade que continuou sendo incorreto e inglês em nossa língua, tal como todas essas bocas acostumadas a mastigar o seixo saxão e a conversar à beira do mar; mas sua maneira de falar, corrigida pela aristocracia, quando não pela propriedade das palavras, e suas maneiras de *gentleman* irrepreensível, conferiam ao que ele dizia uma distinção estranha e estrangeira, uma originalidade séria, embora mordaz, que não o diminuía.

[47] Os Dândis nunca abandonam inteiramente o seu puritanismo original. Sua graça, por maior que seja, não *desfez* a de Richelieu; ela nunca

chega ao esquecimento de qualquer reserva. "Em Londres, quando se é cortês", diz o príncipe de Ligne, "se é tomado por estrangeiro".

48 Pode-se *falar* várias línguas, mas só se *conversa* numa única. Nem sequer Paris teria, para Brummell, substituído Londres. De resto, Paris não é mais a capital da conversação, título que pode agora ser reivindicado por qualquer outra cidade. A conversação é aí quase nula, e a Senhora de Staël já não gostaria tanto de seu *riacho da rua do Bac*. Em Paris as pessoas pensam muito no dinheiro que não têm e se acham muito iguais a todo mundo para poder conversar bem. Não se atira, como qualquer outra coisa, o espírito pela janela. Em Londres, os interesses de uma fortuna a ser feita agitam e dominam muitos espíritos; mas, a uma certa altura, encontra-se uma sociedade que pode pensar em coisas melhores. Além disso, há os níveis sociais, uma classificação (boa ou má, não é o que interessa aqui): é isso que, ao comprimi-lo, exalta o espírito. Numa tal sociedade, é preciso tanta fineza para ser impertinente e tanta graça para que as delicadezas proporcionem prazer! Ora, as dificuldades criam os heróis. Mas, em Paris, como é fácil a vida de salão: é entrar e sair. Os escritores, os artistas, que deveriam reanimar as sensações nos demais e, ao menos, ter sempre no espírito a limalha de ouro de seus trabalhos, estão tão amortecidos quanto as pessoas medíocres. Cansados de pensar ou de fingir durante o dia todo, comparecem, à noite, aos salões para relaxar, escutando a música que os faz sonhar como os faquires ou a tomar chá como os chineses. Não conheço nenhuma exceção...

Brummell veio a Paris, mas não ficou. Que teria feito aqui? Sem ter mais o luxo que o teria tornado encantador, ele teria sido tão tolo e tão feio quanto o príncipe T... Tudo o que tinha eram algumas maneiras cujo sentido diminui um pouco mais a cada dia que passa. Nada se compreendera do passado de um homem como ele: triste impressão para ele, triste espetáculo para os outros! A Senhora Guiccioli causou impressão semelhante, mas tratava-se de uma mulher, e quando se trata de uma mulher, o sexo e os nervos sempre influem em nossas opiniões.

49 Esse sentimento é singular. A amizade não existe entre as mulheres (por que a verdade não é sempre original?), e um Dândi, sob certos aspectos, é uma mulher. Quando não o é mais, é pior que uma mulher para as mulheres; é um desses monstros nos quais a cabeça está acima do coração. É detestável até na amizade. Há, no Dandismo, algo de frio, de sóbrio, de irônico e, embora contido, de instantaneamente móvel, que deve chocar enormemente essas dramáticas máquinas de lágrimas para as quais os enternecimentos são ainda mais importantes que a ternura. Na extrema juventude, por exemplo, o odioso puritanismo choca-as menos. Os rapazes muito graves agradam às pessoas muito jovens. Iludidas por uma pose e, muito frequentemente, por um mal jeito que se exagera para não ser percebido como tal, elas sonham com a profundidade diante do vazio. Com um Dândi, diante da leveza de espírito, elas sonham com essa outra leveza de que falam as mães, estreitando os lábios, diante de suas filhas. Apesar disso, entretanto, e talvez por causa disso, pois elas não dominam quem as domina, elas podem muito bem amar apaixonadamente um insuportável Dândi; e, em geral, a quem não se pode amar apaixonadamente nesta vida? Mas não se trata aqui senão da amizade, isto é, mais de uma escolha do que de uma simpatia.

50 Pensamos involuntariamente nos versos* divinos (no *Sardanapalo*):

If [...]
[...] thou feel'st an inward shrinking from
This leap through flame into the future, say it:
I shall not love the less; nay, perhaps more,
For yelding to thy nature [...].

Se [...]
[...] sentir, dentro de você, vontade de desistir desse
Salto, através da chama, em direção ao futuro, diga:
Não te amarei menos; não, talvez mais,
Por cederes à tua natureza [...].
[* Os versos são de Byron, da tragédia *Sardanapalo* (N.T.).]

[51] A *impossibilidade* desdenhosa seria mais justa.

[52] Ele precisava de homens aos quais seduzir, mas deram-lhe problemas a solucionar. Se o capricho, se a felicidade desvairada da metade de sua vida não o tinham tornado impróprio para tudo o que é função e deveres públicos, ele tinha, talvez, faculdades de diplomata que podiam ser utilizadas. Dissemos "talvez"; não asseguramos. Lorde Palmerston foi a demonstração cabal daquilo no qual, em política, o Dandismo pode se transformar quando age sozinho. Henri de Marsay é uma fantasia bem tentadora; mas trata-se de um destino criado por um poeta. Não dizemos que é impossível; mas é o menos possível dos heróis de romance.

[53] Deixou mesmo de sê-lo?... Um dia, um veneziano que se contentava então em ser o Casanova da música, mas que se tornou, em vez disso, o seu Gustave Planche (trata-se do Sr. P. Scudo, atualmente da *Revue des Deux Mondes*), dava, em Caen, um desses concertos nos quais, como mímico e como músico, colocava um espírito de inocular o tétano nos imbecis, se os imbecis tivessem nervos para isso. Ele quis ter, em sua apresentação, o Dândi exilado que ainda constituía uma força na rua Guillebert. Tendo-o encontrado na casa de um amigo, convidou-o, e tirando do bolso seu carnê de bilhetes (trezentos, aproximadamente), abriu-o como um baralho para oferecer-lhe alguns, quando, soberanamente, e com a simplicidade de um Dândi a quem o mundo pertence, Brummell pegou-os todos com um só movimento! "Ele jamais os pagou", diz o Sr. Scudo, "mas foi uma manobra admiravelmente executada, e tive, em troca de meu dinheiro, uma ideia melhor da Inglaterra".

Foi um pouco depois disso que Brummell tornou-se louco, e como o Dandismo, mais forte que a sua razão, tinha impregnado o homem inteiro, sua loucura tingiu-se de Dandismo. Ele teve a ira da elegância no desespero. Não tirava mais o seu chapéu na rua quando era cumprimentado, com medo de desarrumar sua peruca, e, tal como Charles X, retribuía o cumprimento fazendo um gesto com a mão. Morava no *Hotel da Inglaterra*. Em certos dias, e para grande admiração das pessoas do hotel, mandava que seu apartamento fosse preparado como para uma festa. Lustres, candelabros, velas, flores em quantidade, nada faltava, e ele, sob o fogo de todas essas luzes, na magnífica indumentária de sua juventude, com seu casaco *Whig* azul*, com botões dourados, colete de *piqué* e calça preta, colante como os calções do século XVI, ficava à espera, postado no centro... Ele esperava a Inglaterra morta! Subitamente, e como se tivesse se dividido em dois, anunciava, a plena voz, o príncipe de Gales, depois Lady Connyngham, depois Lorde Yarmouth e, enfim, todos esses elevados personagens da Inglaterra, para os quais ele tinha sido a lei viva, e acreditando vê-los surgir à medida que os chamava, e mudando de voz, ia recebê-los à porta, aberta de par em par, desse salão vazio, pela qual não devia, infelizmente, passar ninguém naquela noite, nem nas outras, e as cumprimentava, essas quimeras do seu pensamento; ele oferecia o braço às mulheres, entre todos esses fantasmas que ele acabara de evocar e que, certamente, para comparecer a essa festa do Dândi decaído, não teriam desejado deixar, um só instante, suas tumbas. Isso durava muito tempo... Enfim, quando tudo estava cheio desses fantasmas; quando todo esse mundo do outro mundo tinha chegado, eis que a razão também chegava e que o infeliz se dava conta de sua ilusão e de sua demência, e era nesse momento que ele caía, derrotado, numa dessas poltronas solitárias e que se o surpreendia desmanchado em lágrimas!

Mas, no Asilo Bon Sauver, suas loucuras foram menos comoventes. O mal piorou e adquiriu um aspecto de degradação que parecia uma vingança contra a elegância de sua vida. Impossível deixar de contar alguma coisa... Espantosa ironia do terrível Gracejador, escondido no fundo das coisas, que termina por ter sua vez na vida leviana daqueles que mais gracejaram dele! O pavilhão do Bon-Sauver foi a paga que Brummell teve pelo pavilhão de Brighton. Sua vida terá transcorrido entre esses dois pavilhões.

[*Na Grã-Bretanha dos séculos XVIII e XIX, *Whig* era um dos dois importantes grupos políticos (*Tories* era o outro). Azul era a cor que distinguia os Whigs, que tendiam a usar casacos dessa cor. (N.T.).]

54 O Sr. Jesse, que doravante será preciso nomear sempre que se tratar de Brummell, cita, em seu livro, alguns versos do célebre Dândi. Brummell os tinha escrito num álbum muito bonito, no qual Sheridan, Byron, o próprio Erskine, tinham escrito os seus. Não são versos de álbum, algumas linhas traçadas à pressa, mas peças bastante extensas e que contêm um certo sopro de inspiração.

55 Bulwer, em *Pelham*.

56 Como essa Senhorita Cornel, por exemplo, essa atriz que Stendhal tanto glorificou. Mas, para se dar conta da grandeza simples dessa alma, rara como um diamante negro em Londres, era preciso um Stendhal, isto é, um homem espiritualmente positivo, beirando ao maquiavelismo, mas que gostava do natural como certos imperadores romanos gostavam do impossível.

57 À qual falta o instinto das belas artes, pois ele realmente lhe falta. Os nomes de Lawrence, de Romney, de Reynolds e de alguns outros só fazem ressaltar essa indigência. O povo romano não era artista só porque tinha tocadores de flauta. A arte, na Inglaterra, só existe literariamente. Shakespeare é seu Michelangelo. Como tudo é singular nesse país original, o melhor escultor que ele produziu foi uma mulher, Lady Hamilton, digna de ser italiana, e que esculpia, com suas poses, no mármore do mais belo corpo que jamais palpitou: o seu. Escultora estranha que era a própria estátua, e cujas obras-primas morreram com ela; glória vitalícia a sua, que não durou mais que as vibrações da vida e a ardente emoção de alguns dias! É uma página que ainda está por ser escrita; mas onde encontrar a pena de Diderot para traçá-la?

58 Alusão ao poema "O corsário" ("The Corsair"), de Byron (N.T.).

[59] Do poema "Don Juan ou Beppo", est. 34, de Byron: "His heart was one of those which most enamour us, / Wax to receive, and marble to retain" ["Seu coração era dos que mais nos encantam, / Cera no receber, e mármore no reter"] (N.T.).

[60] Tática militar dos partos, habitantes de Pártia, antiga região da Ásia que se estendia do Mar Cáspio à Índia. Consistia em simular uma fuga, mas logo dando meia-volta e lançando flechas sobre o inimigo (N.T.).

[61] Essa ausência de escritores não é completa, pois há Thomas Carlyle; mas é pena que ele prefira frequentemente o sedativo éter do espiritualismo alemão a esse estimulante caviar amado pelos ingleses, que proporciona sensações tão finas!

[62] Refere-se à Rainha Vitória (1819-1901), que reinou na Grã-Bretanha de 1837 até a sua morte (N.T.).

Índice onomástico

Listam-se aqui os principais nomes próprios referidos no texto. Omitem-se aqueles sobre os quais o contexto é suficiente para a compreensão da passagem ou sobre os quais não foi possível encontrar informações adicionais.

Alcibíades – (450 a. C. – 404 a. C.), general e político ateniense. Personagem do diálogo de Platão que leva o seu nome e também de *O banquete*.

Alexandre – o czar da Rússia, Alexandre I (1777-1825).

Alfieri – Vittorio Alfieri (1749-1803), dramaturgo italiano.

Alfred de Musset – (1810-1857), poeta, romancista e dramaturgo romântico francês.

Amédée Renée – (1808-1859), escritor francês.

Anacreonte - (563 a. C. – 478 a. C.), poeta grego.

Anacreonte-Arquíloco Moore – o autor refere-se ao poeta Thomas Moore (ver "Moore"), que publicou uma tradução das *Odes* de Anacreonte, além de escrever odes ao estilo de Anacreonte, e que era chamado de "*Anacreon Moore*". Arquíloco (680 a. C. – 645 a. C.), poeta grego.

Bac, rua do – rua em que morou a Senhora de Staël, em Paris.

Benina – como implica o texto, apelido aplicado à amante do Príncipe de Gales, Maria Anne Fitzherbert, em correspondência com *Big Ben*, apodo que Brummell dera ao Príncipe.

Beyle – Marie-Henri Beyle, o verdadeiro nome de Stendhal (1783-1842).

Blücher – Gebhard Leberetch von Blücher (1742-1819), marechal-de-campo prussiano que liderou as tropas prussianas contra o exército de Napoleão na Batalha das Nações (1813) e na Batalha de Waterloo (1815).

Bolingbroke – Henry Saint John, Visconde de Bolingbroke (1678-1751), político e escritor inglês.

Brighton – uma das residências do Príncipe de Gales.

Buffon – Georges-Louis Leclerc, Conde de Buffon (1707-1788), escritor francês.

Bulwer – Edward George Bulwer Lytton (1803-1873), escritor e político inglês.

Burke – Edmund Burke (1729-1797), político e escritor inglês.

Byron, Lorde – George Gordon Noel Byron (1788-1824), poeta romântico inglês.

Calais – a cidade francesa mais próxima da Inglaterra, situada no Estreito de Dover.

Canning – George Canning (1770-1827), político inglês.

Carlyle – Thomas Carlyle (1795-1881), ensaísta e historiador escocês. Faz, no livro *Sartus resartus* [*O alfaiate remendado*], uma crítica do dândi e do dandismo.

Caroline de Brunswick – (1768-1821), nascida na Alemanha. Esposa de George, Príncipe de Gales, depois Rei George IV.

Carlton House – uma das residências do Príncipe de Gales.

Cecil – Cecil Danby, personagem do romance homônimo de Catherine Gore (1799-1861).

Chamfort – Nicolas Chamfort (1741-1794), escritor francês.

Charles II – Charles Stuart (1630-1685), Rei da Inglaterra, Escócia e Irlanda (1661-1685).

Chatham – John Pitt, Duque de Chatam (1756-1835), irmão de William Pitt, o Jovem. Militar e político inglês.

Chaucer – Geoffrey Chaucer (1343-1400), escritor inglês.

Chesterfield – Philip Dormer Stanhope, Conde de Chesterfield (1694-1773), escritor e político inglês.

Childe Harold – Childe Harold's Pilgrimage [*A peregrinação de Childe Harold*], poema de Byron.

Cibber – Colley Ciber (1671-1757), ator e dramaturgo inglês.

Clarisse Harlowe – personagem de romance homônimo de Samuel Richardson (1689-1761), escritor inglês.

Congreve – William Congreve (1670-1729), poeta e dramaturgo inglês.

Corinne – personagem do romance homônimo da Senhora de Staël. D'Aurevilly, nesta passagem, refere-se à autora pelo nome de sua personagem.

Cromwell – Oliver Cromwell (1599-1658), político e militar inglês. Figura central na Guerra Civil Inglesa.

d'Orsay – Alfred Guillaume Gabriel, Conde d'Orsay (1801-1857), célebre por seus gostos refinados.

Dantans – referência a Antoine Laurente Dantan (1798-1878) e Jean-Pierre Dantan (1800-1869), irmãos, ambos escultores.

Domington, Castelo de – na verdade, Castelo de Donnington. E pertenceu não a Geoffrey Chaucer, o poeta, mas a Thomas Chaucer, seu filho.

Don Juan – poema de Lorde Byron, considerado sua obra-prima.

Dubois – provavelmente Edmond Louis Alexis Dubois-Crance (1747-1814), militar e político francês.

Dundas – Henry Dundas Melville (1742-1811), amigo e lugar-tenente de William Pitt (ver Pitt). Ambos eram célebres por beberem muito. Daí a expressão mencionada por D'Aurevilly: "beber como Pitt e Dundas".

Edgeworth – Marie Edgeworth (1768-1849), romancista irlandesa.

Erskine – Thomas Erskine (1750-1823), jurista e político britânico, nascido na Escócia.

Etherege – George Etherege (1634-1692), dramaturgo inglês.

Fiesques – referência à tragédia de Friedrich Schiller (1759-1805), *La Conjuration de Fiesque*. A ação passa-se em Gênova, 1547, e descreve a conspiração do jovem Conde Fiesco contra a família reinante, Doria. D'Aurevilly provavelmente alude, nessa passagem, à vaidade do conde, causa, afinal, de seu fracasso e morte.

Fitzherbert – Maria Anne Fitzherbert (1756-1837), com quem George, Príncipe de Gales, depois Rei George IV, chegou a se casar, mas o casamento foi considerado inválido. Sua ligação com o Príncipe continuou mesmo após o casamento deste com Caroline de Brunswick.

Fox, Charles – Charles James Fox (1749-1806), político inglês.

Gales, Príncipe de – ver "George IV".

George IV – George Augustus Frederick, Príncipe de Gales (1762-1830), rei da Grã-Bretanha, Irlanda e Hanover (1820-1830).

Girodet – Anne-Louis Girodet de Roussy-Trioson (1767-1824), pintor francês.

Granby – personagem do romance homônimo, de Thomas Henry Lister (1800-1842), romancista inglês.

Grande Mademoiselle – título dado, na França monárquica, à filha mais velha dos irmãos do rei. No caso, trata-se de Anne de Montpensier, Duquesa de Montpensier, prima de Luís XIV.

Guiccioli – Teresa Guiccioli (1800-1873), teve uma ligação amorosa com Byron quando este vivia na Itália.

Guiscard – Antoine de Guiscard (1658-1710), nobre francês, exilado na Inglaterra. Em 8 de março de 1711, durante um interrogatório, apunhalou Robert Harley, Conde de Oxford, secretário de Estado britânico.

Gustave Planche – Jean Baptiste Gustave Planche (1808-1857), crítico literário francês.

Hamilton – Anthony Hamilton (1646-1720), escritor irlandês.

Hamilton, Lady – possivelmente Amy Lyon ou Emma Hart (1761-1815), que se tornou Lady Hamilton pelo casamento com William Hamilton. Inspirou, recentemente, filmes e livros (entre esses, *O amante do vulcão*, de Susan Sontag). D'Aurevilly provavelmente faz alusão às suas célebres representações, nas quais fazia poses inspiradas em personagens clássicas.

Hanover, Casa de – dinastia real germânica que reinou, entre outros, sobre o Reinado da Grã-Bretanha (1714-1901).

Harley – Robert Harley, Conde de Oxford (1661-1724), político inglês. Foi apunhalado, em 8 de março de 1711, por Antoine de Guiscard, nobre francês refugiado na Inglaterra.

Hazlitt – William Hazlitt (1778-1830), ensaísta e crítico literário inglês.

Henri de Marsay - personagem de vários romances de Balzac.

Herculano – antiga cidade romana, vizinha de Pompéia, e também soterrada pela erupção do Vesúvio, em 79 d. C.

Hogarth – Richard Hogarth (1697-1764), pintor e caricaturista inglês, jansenista.

Jesse, Capitão – William Jesse (1809-1871), autor de uma biografia de Brummell, *The Life of George Brummell*.

Kaunitz – Wenzel Anton, Conde de Kaunitz (1711-1794), político austríaco.

Lamb, Caroline – (1785-1828), aristocrata inglesa, escritora, conhecida por sua ligação amorosa com o poeta Lorde Byron.

Lauzun – Antonin Nompar de Caumont, Duque de Lauzun (1632-1723), cortesão e militar francês. Teria se casado, em segredo, com Anne de Montpensier, prima de Luís XIV, a *Grande Mademoiselle*.

Lawrence – Thomas Lawrence (1769-1830), retratista inglês.

Lespinasse – Jeanne Julie Éléonore de Lespinasse (1732-1776), escritora francesa.

Ligne – Charles Joseph, Príncipe de Ligne (1735-1814), militar e escritor, nascido na Bélgica, mas de nacionalidade austríaca.

Lister – Thomas Henry Lister (1800-1842), romancista inglês.

Palmerston, Lorde – Henry John Temple (1784-1865), Visconde de Palmerston, político inglês.

Manners, Lorde – John James Robert Manners, Duque de Rutland (1818-1906), político inglês.

Marlborough – John Churchill, Duque de Marlborough (1650-1722), militar e político inglês.

Mars, Senhorita – Anne Françoise Hyppolite Boutet (1779-1847), atriz francesa.

Moore – Thomas Moore (1779-1852), poeta irlandês.

Nash – Richard Nash (1674-1762), célebre dândi da época, conhecido como Beau Nash.

Necker, Senhora – refere-se à mãe da Senhora de Staël, Suzanne Churchod (1737-1794).

North, Lorde – Frederick North (1732-1792), foi Primeiro-Ministro da Grã-Bretanha entre 1770 e 1782.

Pelham – personagem do romance *Pelham, or the adventures of a gentleman*, de Edward George Bulwer Lytton (1803-1873), escritor e político inglês.

Pitt, William – (1759-1806), conhecido como William Pitt, o Jovem, para distinguir de seu pai que, como ele, foi Primeiro-Ministro da Inglaterra.

Rancé – Armand Jean Le Bouthillier de Rancé (1626-1700), fundador dos Trapistas, ordem de religiosos católicos dedicada a uma rigorosa ascese.

Reynolds – Joshua Reynolds (1723-1792), pintor inglês.

Richelieu – Louis François Armand de Vignerot du Plessis, Duque de Richelieu (1696-1788), sobrinho-neto do Cardeal de Richelieu (1585-1642). Conhecido por sua libertinagem. Todas as menções aqui feitas a Richelieu remetem ao Duque e não ao Cardeal.

Rivarol – Antoine de Rivarol (1753-1801), escritor francês.

Rochester – Lawrence Hyde, Conde de Rochester (1641-1711), político e escritor inglês.

Romney – George Romney (1734-1802), retratista inglês.

Rulhière – Claude-Carloman de Rulhière (1735-1791), poeta e historiador francês.

Scott, Walter – (1771-1832), poeta e romancista inglês.

Scrope Davies – Scrope Berdmore Davies (1782-1852), também considerado um dândi, foi amigo de Byron.

Staël, Senhora de – Anne Louise Germaine Necker, Baronesa de Staël-Holstein (1766-1817), escritora de nacionalidade suíça que viveu por muito tempo em Paris.

Shaftesbury – Anthony Ashley Cooper, Conde de Shaftesbury (1621-1683), político inglês.

Shelley – Percy Bysshe Shelley (1792-1822), poeta romântico inglês.

Sheridan – Richard Brinsley Butler Sheridan (1751-1816), dramaturgo e político inglês.

Stanhope, Lady – Hester Lucy Stanhope (1776-1839), sobrinha de William Pitt, o Jovem, Primeiro-Ministro da Grã-Bretanha. Em partiu para uma longa viagem pelo Oriente Médio, tendo se estabelecido numa cidade situada no atual Líbano, onde permaneceu até sua morte.

Tácito – Públio Cornélio Tácito (55-120 d. C.), historiador romano.

Talleyrand – Charles-Maurice de Talleyrand-Périgord (1754-1838), político e diplomata francês.

Tibério – Tibério Júlio César Augusto (42 a. C.-37 d. C.), imperador romano (14 d. C.-37 d. C.). O autor faz alusão, nesta passagem, ao fato de Tibério, cansado da política, ter buscado refúgio na ilha de Capri.

Trebeck – personagem do romance *Granby*, de Thomas Henry Lister (1800-1842), romancista inglês.

Tufière – personagem da peça de Philippe Néricault Destouches (1680-1754), *Le Glorieux*.

Turcaret – personagem da peça de Alain René Lesage (1668-1747), *Turcaret ou le Financier*.

Vambrugh – John Vambrugh (1664-1726), arquiteto e dramaturgo inglês.

Warwick – Richard Nevill, Conde Warwick (1428-1471), militar e político inglês.

Windham – William Windham (1750-1810), político inglês.

Wraxall – Nathaniel William Wraxall (1751-1831), político e escritor inglês.

Dândis e dandismo: frases

Oscar Wilde

O primeiro dever na vida é o de ser tão artificial quanto possível. Qual é o segundo ninguém descobriu ainda.

*

Em todas as questões pouco importantes, o estilo, e não a sinceridade, é o essencial. Em todas as questões muito importantes, o estilo, e não a sinceridade, é o essencial.

*

Nenhum crime é vulgar, mas toda vulgaridade é crime.

*

Devemos ser uma obra de arte ou vestir uma.

*

A ocupação é a raiz de toda feiura.

*

A condição da perfeição é o ócio: o objetivo da perfeição é a juventude.

★

Há algo trágico no fato de que existe, agora, na Inglaterra, um grande número de jovens que começam a vida com perfis perfeitos e acabam por adotar alguma profissão útil.

★

Amar a si mesmo é o início de um romance para toda a vida.

(*Frases e filosofias para uso dos jovens*)

Charles Baudelaire

O gosto precoce pelas mulheres. Eu confundia o cheiro da peliça com o cheiro da mulher. Lembro-me bem... Enfim, gostava da minha mãe por sua elegância. Era, pois, um dândi precoce.

(*Rojões*)

★

A mulher é o contrário do Dândi.

Ela deve, pois, causar horror.

A mulher tem fome: ela quer comer; sede: quer beber.

Está no cio: quer ser fodida.

Grande mérito!

A mulher é *natural*, isto é, abominável.

Ela é, pois, sempre vulgar, isto é, o contrário do Dândi.

(*Meu coração desnudado*)

★

O Dândi deve aspirar a ser sublime, sempre. Deve viver e dormir frente a um espelho.

(*Meu coração desnudado*)

★

Eterna superioridade do Dândi.

(*Meu coração desnudado*)

★

Um Dândi não faz nada. Podem imaginar um Dândi falando para o povo, a não ser para afrontá-lo?

(*Meu coração desnudado*)

Albert Camus

O dandismo é uma forma degradada da ascese. O dândi cria a sua própria unidade por meios estéticos. Mas trata-se de uma estética da singularidade e da negação. "Viver e morrer diante de um espelho", esse era, segundo Baudelaire, o lema do dândi. Ele é, na verdade, coerente. O dândi, por sua função, é sempre um opositor. Ele só se mantém no desafio. [...] O dândi forja uma unidade pela própria força da recusa. Disperso, na qualidade de pessoa privada de regra, ele será coerente como personagem. Mas um personagem pressupõe um público; o dândi só pode desempenhar um papel quando se opõe. [...] O dândi, portanto, é sempre obrigado a impressionar. Sua vocação de dândi está na singularidade, seu aperfeiçoamento, no excesso. Sempre em ruptura, sempre à margem das coisas, ele obriga os outros a criarem-no, enquanto nega os seus valores.

(*O homem revoltado*, Record, trad. Valerie Rumjanek)

Clare Jerrold

O Dândi, tal como o interpretamos hoje, é um cavalheiro refinado, com uma grande preocupação com a sua aparência, mas ele pode ter outras qualidades e outros grandes poderes. Pode ser um poeta, um político, um negociante, um Lorde, um artista – na verdade, pode ser qualquer coisa, desde que tenha também o desejo de se fazer notar pela aparência. Alguém assim copiará avidamente a moda mais recente ou estabelecerá, ele mesmo, uma nova; e se for ousado o bastante para optar pela última hipótese, ganhará ou perderá com isso. Isto é, se a novidade for aclamada por seus colegas, se a copiarem e comentarem, então ele subiu um degrau a mais na peculiar classificação do Dândi. Por outro lado, se for simplesmente contemplado mas não imitado, se as pessoas rirem e falarem dele, mas ignorarem sua nova invenção, então, no que toca à imitação, ele é um esquisito, um pobre e tolo Dândi, do qual as pessoas falam com uma comiseração tolerante ou desdenhosa. E nisso reside a real diferença entre o *Beau* e o Dândi. O *Beau* já nasce artista da roupa, toda a ciência do vestir-se é algo que lhe vem naturalmente, suas roupas são a expressão dele mesmo. Com o Dândi, entretanto, é preciso que a ciência das roupas lhe seja instilada; ele deve ter um ansioso cuidado e preocupação quanto ao que vestir e como.

(*The Beaux and the Dandies*, 1910)

Max Beerbohm

Como em todas as imagens conhecidas do *Beau* [George Brummell], impressiona-nos a extrema simplicidade de seu vestuário. [...] Pois não é ao seu sutil desprezo pelos acessórios que podemos remontar o primeiro objetivo do dandismo moderno, a produção do efeito supremo pelos meios menos extravagantes? [...]

Fora de sua arte, o Sr. Brummell tinha uma personalidade de uma insignificância quase balzaquiana. Houve dândis, como D'Orsay, que eram quase pintores; pintores, como o Sr. Whistler, que pretenderam ser dândis; dândis, como Disraeli, que depois seguiram alguma vocação menos trabalhosa.

Penso que o Sr. Brummel era um dândi, nada mais do que um dândi, desde o berço até àquele terrível dia em que perdeu a pose e teve de fugir do país [...].

A sociedade inglesa é sempre regida por um dândi, e quanto mais absolutamente regida, maior será o dândi. Pois o dandismo, a perfeita flor da elegância extrovertida, é o ideal que ela está sempre se esforçando por realizar, à sua própria e incoerente maneira. Mas não há nenhuma razão para que o dandismo seja confundido, como tem sido por quase todos os escritores, com a simples vida social. Se o contato com a vida social é, na verdade, apenas um dos acidentes de uma arte, sua influência, como o perfume de uma flor, é inconscientemente difundido. Tem seus próprios fins e suas próprias leis e não conhece nenhuma outra. [...]

Poucos lembram que a vaidade do dândi é muito diferente da rude presunção do homem simplesmente bonito. O dandismo é, afinal, uma das artes decorativas. Um bom terreno sobre o qual trabalhar é seu primeiro postulado. E o dândi preocupa-se com seus dotes físicos apenas à medida que eles são suscetíveis de bons resultados. Para ele, esses dotes não são mais do que o pergaminho sem iluminuras é para o artista decorativo, a forma de um vaso branco ou a superfície de uma parede que irá receber um afresco.

(*Dandies and Dandies*, 1896)

Dandismo: biblioteca básica

Os livros mais antigos, de domínio público, podem estar disponíveis em Google Books (books.google.com.br).

ADAMS, James Eli. *Dandies and Desert Saints: Styles of Victorian Masculinity*. Ithaca: Cornell University Press, 1995.

CARLYLE, Thomas. *Sartor Resartus. The Life and Opinions of Herr Teufelsdröckh*. Londres: Chapman and Hall, 1904.

CHRISTIAN DIOR, Museu. *Dandysmes. 1808-2008*. Granville/Versailles: Museu Christian Dior/Artlys, 2008.

COUTINHO, Luiz Edmundo Bouças e MUSSI, Latuf Isaias Mucci (orgs.). *Dândis, estetas e sibaritas*. Rio: Confraria do Vento, 2006.

D'ALKEMADE, Valérie. *Dandys: Abécédaire impertinent du dandysme et des néo-dandys*. Bruxelas: Soliflor, 2007.

D'AUREVILLY, Jules Barbey. *Dandyism and Beau Brummell*. Londres: Gibson Square Books, 2002. [Tradução, por George Walden, com uma introdução, do livro de d'Aurevilly *Du dandysme e de George Brummell*].

D'AUREVILLY, Jules Barbey. *Dandyism*. Nova York: PAJ Publications, 1988. [Tradução, por Douglas Ainslie, publicada pela primeira vez em 1897, do livro de d'Aurevilly *Du dandysme e de George Brummell*].

DELBOURG-DELPHIS, Marilène. *Masculin singulier. Le dandysme et son histoire*. Paris: Hachette, 1985.

DOLTO, Françoise. *Le dandy, solitaire et singulaire*. Paris: Mercure de France, 1999.

FELDMAN, Jessica R. *Gender on the Divide: The Dandy in Modernist Literature*. Ithaca: Cornell University Press, 1993.

FILLEN-YEH, Susan. *Dandies: Fashion and Finesse in Art and Culture*. Nova York: New York University Press, 2001.

FRANÇOIS, Simone. *Le dandysme et Marcel Proust*. Bruxelas: Académie royale de langue et littérature française de Belgique, 1956.

FRANZERO, Carlo Maria. *Beau Brummell. His Life and Times*. Nova York: John Day, 1958.

JERROLD, Clare. *The Beaux and the Dandies. Nash, Brummell, and d'Orsay with their Courts*. Nova York: John Lane, 1910.

JESSE, Captain. *The Life of George Brummell, Esq*. Londres: John C. Nimmo, 1886.

KELLY, Ian. *Beau Brummell: The Ultimate Dandy*. Londres: Hodder & Stoughton, 2005.

KEMPF, Roger. *Dandies. Baudelaire et Cie*. Paris: Seuil, 1984.

LEMAIRE, Michel. *Le dandysme de Baudelaire à Mallarmé*. Montreal: University of Montreal Press, 1978.

LEVILLAIN, Henriette. *L'esprit dandy. De Brummell à Baudelaire*. Paris: José Corti, 1991.

LEVIN, Orna Messer. *As figurações do dândi. Um estudo sobre a obra de João do Rio*. Campinas: Editora da Unicamp, 1996.

MOERS, Ellen. *The Dandy: Brummell to Beerbom*. Nova York: Viking Press, 1960.

MONTANDON, Alain (org.). *L'honnête homme et le dandy*. Tübingen: Gunter Narr, 1993.

NATTA, Marie-Christine. *La grandeur sans convictions*. Paris: Félin, 1991.

PRÉVOST, John. *Le dandysme en France: 1817-1839*. Paris: Minard, 1957.

ROBINS, Stephen. *How to Be a Complete Dandy*. Londres: Prion, 2001.

SCARAFFIA, Giuseppe. *Petit dictionnaire du dandy*. Paris: Sand & Tchou, 1993.

SCHAPOCHNIK, Nelson (org.). João do Rio. *Um dândi na Cafelândia*. São Paulo: Boitempo, 2004.

SCHIFFER, Daniel Salvatore. *Philosophie du dandysm*. Paris: PUF, 2008.

SHORE, W. Teignmouth. *D'Orsay or the Complete Dandy*. Londres: John Long, 1911.

STANTON, Donna C. *Aristocrat as Art: A Study of the Honnête Homme and the Dandy in Seventeenth and Nineteenth-Century French Literature*. Nova York: Columbia University Press, 1980.

Dandismo na internet

Dandyism [inglês]
community.livejournal.com/dandyism
Dandyism.net [inglês]
dandysm.net
Dandysmus [inglês, alemão]
dandysme.eu
El Dandismo [espanhol]
eldandismo.blogspot.com
El Dandy [espanhol]
eldandy.net
Il Dandy [italiano]
noveporte.it/dandy
Les Nouveaux Dandys [francês]
lesnouveauxdandys.com/new_dandy/

Este livro foi composto com tipografia Garamond e impresso
em papel Polén Soft 80 g/m² na Gráfica Paulinelli.